Pour Josep

« Es-tu prêt à
relever un défi ?
10 jours sans écrans ?

Bonne lecture en
compagnie de Louis
et Paloma !

le 9/11/19

DIX JOURS SANS ÉCRANS

SOPHIE RIGAL-GOULARD

DIX JOURS SANS ÉCRANS

RAGEOT

Ce roman s'inspire de l'expérience
« Défi de la Dizaine sans télé ni jeu vidéo »
imaginée en 2003 par Jacques Brodeur au Québec.

Cet ouvrage a été imprimé sur un papier
issu de forêts gérées durablement,
de sources contrôlées.

Couverture et intérieurs : Frédérique Vayssières

ISBN 978-2-7002-4770-1

DRÔLE DE NOUVELLE!

– Si je vous dis « dix jours sans écrans », vous me répondez quoi?

On se regarde en souriant dans la classe. Mme Guégan a souvent des idées bizarres…

– Louis, puisqu'on parle d'écrans justement, tu viens jouer sur ma PS4 à la sortie? me chuchote Gordon, mon meilleur copain.

– Alors? continue la maîtresse. Dix petites journées sans un seul écran face à vos yeux fatigués. Pas de télé, de console, d'ordi, de téléphone emprunté à vos parents...

C'est à ce moment-là que j'éclate de rire. Trop drôle.

Je suis comme ça, dès que j'entends une bonne blague je ne peux pas me retenir. Gordon m'imite. Ensuite, dans les rangs, ça fait comme une vague. Et c'est l'hilarité générale.

Enfin, presque générale.

– Ce serait chouette d'essayer.

Je ne me retourne même pas. Je sais qui vient de prononcer cette phrase complètement débile.

– On pourrait tous s'y mettre ! insiste Paloma.

On se tourne vers elle alors que notre maîtresse explique :

– Je comptais vous proposer une expérience de ce type, Paloma. Dans la classe, chacun d'entre vous pourrait essayer de passer une période sans écrans.

Cette fois-ci, plus personne ne rit. Il règne même un silence de mort.

– Moi, je veux bien commencer dès ce soir ! s'écrie Paloma en se levant pour montrer son enthousiasme.

– Si vous acceptez ce projet, il faut que nous le construisions ensemble en détail, continue Mme Guégan. On pourrait par exemple créer des affiches pour toute l'école, donner envie aux autres classes de participer…

– On n'aura jamais le temps de donner envie aux autres, me chuchote Gordon. Au bout de deux jours sans écrans, on sera morts d'ennui. Et des cadavres ambulants, c'est décourageant pour de futurs participants…

– Et si nous votions pour avoir votre avis ? lance alors la maîtresse.

– On fait un référendum ? demande Anouk, la voisine de table de Paloma.

– Exactement ! acquiesce la maîtresse. Qui connaît la définition du mot « référendum » ?

Bien sûr, Anouk, qu'on a surnommée madame Dicoquiparle, explique :

– C'est une façon de questionner un groupe pour avoir son avis sur une idée précise.

– Tout à fait, approuve Mme Guégan. C'est un vote qui va vous permettre de répondre à cette question : « Dix jours sans écrans : oui ou non ? »

Je me penche vers Gordon qui souffle très fort pour montrer que ce référendum l'agace déjà.

– Ne t'en fais pas, il y aura deux oui, c'est tout, lui dis-je. Celui de Paloma qui trouve toujours trop géniales les idées de la maîtresse, et celui d'Anouk qui ne sait même pas ce qu'est un écran puisqu'elle passe son temps libre à apprendre le dictionnaire.

Drôle de nouvelle !

La récréation sonne au bon moment. Dans la cour, cette idée de référendum est au centre de toutes les conversations. Pablo qui fait partie des CM2B nous rejoint sous le préau, Gordon et moi.

— Il paraît que vous allez voter pour jeter vos écrans à la poubelle ? s'exclame-t-il. Vous êtes fous ! Ça coûte hyper cher, des télés, des ordin...

— Mais arrête de croire tout ce qu'on te dit ! le coupe Gordon. On ne va pas jeter des écrans, on va juste les éteindre.

— Et on ne va même pas les éteindre parce qu'au référendum, ce sera le non qui gagnera, j'ajoute en haussant les épaules.

Pablo ouvre de grands yeux en nous regardant l'un après l'autre.

— Waouh ! Je n'ai rien compris. En tout cas, je suis bien content d'être dans le CM2B. Ça travaille trop du cerveau dans votre classe...

Alors que Pablo s'éloigne, je donne un coup de coude à Gordon. Paloma et Anouk vont de groupe en groupe.

– Elles défendent leur idée pourrie ! Je te parie qu'elles sont déjà en train de décrire le merveilleux monde où les écrans n'existent plus ! commente Gordon en prenant une voix de fille.

– Elles peuvent toujours parler ! Vivre sans écrans est une utopie.

– Tu sais, Louis, parfois tu m'inquiètes, proteste Gordon. Surtout quand tu utilises des mots que je ne comprends pas. Tu me fais penser à Anouk et c'est carrément insupportable !

J'essaie d'expliquer à mon copain ce qu'est une utopie pendant que nous regagnons la classe. On sent une certaine excitation dans les rangs parce que voter à bulletin secret est bien plus original qu'apprendre une règle de grammaire !

– Je répète donc la question, les enfants :
« Dix jours sans écrans ? », précise Mme
Guégan. Vous ne devez répondre que par
oui ou par non.

– Et si on met « je ne sais pas » ?
demande Jules qui a toujours un train de
retard.

On se regarde tous.

– Votre vote sera blanc, déclare la maîtresse.

– Oui mais si j'ai écrit en rouge ? continue Jules.

– On t'expliquera ce que veut dire voter
blanc, lance Anouk en secouant la tête.
Tu n'as qu'à mettre oui. En rouge, vert ou
bleu, on s'en fiche !

– Madame, il y a tricherie, là ! proteste
Gordon. Votre candidate donne carrément
la réponse qu'il faut mettre !

La maîtresse rit en précisant qu'Anouk
n'a rien d'une candidate puisqu'elle est
une votante comme les autres. L'intéressée
tape sur l'épaule de Gordon en prenant un
air consterné.

– Tu as définitivement quatre de QI, lui chuchote-t-elle. Toi, ça te ferait vraiment du bien d'éteindre un peu tes écrans ! Tu pourrais enrichir ton cerveau.

– Tu veux savoir ce qu'il te dit mon cerveau ? murmure Gordon. Ouvre ton dico et oublie-moi ! Ton projet n'est qu'une « hue toupie ! »

Le problème avec Gordon, c'est qu'il a beaucoup de mal à retenir les mots nouveaux. Anouk le regarde sans comprendre et il lui tourne le dos.

Le vote démarre enfin. On s'isole chacun notre tour dans la pièce voisine pour écrire « oui » ou « non » sur notre bulletin qu'on glisse ensuite dans une boîte. À chaque fois que quelqu'un se lève, Gordon s'arrange pour le regarder en secouant la tête de droite à gauche tout en formant un beau « non » avec ses lèvres.

Seules Anouk et Paloma n'ont pas droit à ses grimaces.

– C'est le moment tant attendu des résultats, déclare notre maîtresse lorsque le dernier votant est revenu s'asseoir. Je vais enfin savoir si mon projet vous fait envie. J'ai besoin de deux élèves pour comptabiliser les bulletins.

Gordon se retrouve au tableau du côté des « non ». Anouk est du côté des « oui » évidemment…

Mme Guégan commence à compter et plus personne ne parle.

Les trois premiers bulletins sont des « non » et mon copain inscrit triomphalement trois barres à la craie.

Ensuite, il y a une série de douze bulletins « oui ». Lorsque le « non » retentit à nouveau, Gordon ajoute une barre qu'il double l'air de rien. Mais Anouk voit tout. Les « non » restent donc au nombre de quatre… jusqu'à la fin.

– Il y a vingt « oui » pour quatre « non », annonce finalement notre maîtresse quand le dernier bulletin est lu. Mon idée vous intéresse et j'en suis ravie !

Gordon fait une tête d'enterrement. Mais il ne sait pas encore que j'ai un dernier joker.

– Je conteste ce vote ! dis-je en me levant. D'abord, il n'a pas été fait dans les règles puisqu'on n'avait pas d'urne. Ensuite les réponses ont été influencées par Paloma et Anouk qui, pendant la récré, ont cherché à convaincre les votants de répondre « oui » au référendum.

Gordon précise qu'il est « archi d'accord à cent pour cent ». Mme Guégan me répond en souriant :

– Ce n'est qu'un vote entre nous, Louis. Pas de quoi en faire une affaire d'État. Les élèves ont voté sans être sous influence, comme tu as l'air de le dire. C'est juste une expérience qu'on va tenter de mettre au point... Ne sois pas si inquiet. On en discutera ensemble avant de commencer.

Tous les élèves s'agitent. Il y a comme un courant électrique qui circule. Chacun a envie d'imaginer sa vie sans écrans.

– Madame ? questionne Jules. On pourra aller à la salle informatique pendant le défi ? Sinon, je sens que vous allez nous mettre de la conjugaison à la place...

– Jules… soupire notre maîtresse. Un défi sans écrans exclut aussi la salle informatique de notre emploi du temps. Mais rassure-toi, on trouvera un autre moyen d'enrichir nos connaissances en se passant des ordinateurs de l'école pendant dix jours.

Je regarde Gordon qui s'affale de plus en plus sur sa chaise.

– C'est impossible pour moi d'éteindre les écrans, me dit-il. La télé est allumée en permanence à la maison.

– Pareil pour moi, ne t'en fais pas ! chuchote Nicolas en se tournant vers nous. J'ai aussi voté pour le « non ». Tu ne crois pas que je vais rater un épisode de *Secrets au collège* quand même !

Je grimace. Entre ma console, la tablette de ma sœur, l'ordi de mon père et les deux télés de la maison, je suis blindé côté écrans !

Paloma affiche un sourire triomphal et propose déjà à la classe ses idées « géniales ». Anouk dessine des projets d'affiche.

Dix jours sans écrans ? Et puis quoi encore !

Un défi à relever

J'ai toujours adoré les défis !

Je me souviens qu'en maternelle, j'avais léché la coquille d'un escargot juste parce qu'un garçon dans la cour avait déclaré : « Paloma, t'es pas cap de le faire ! »

Et en CE1, je suis montée sur la plus haute branche du pommier dans le jardin de ma grand-mère alors que mon grand frère n'avait jamais réussi à atteindre le sommet.

L'année d'après, j'ai embrassé Jules pendant la récré parce que mes copines affirmaient que j'étais trop timide pour le faire. Cette année, finis les escargots, la grimpette ou les bisous baveux ! Bonjour les défis audacieux, comme dirait Anouk, ma meilleure amie en ce moment.

Je dis « en ce moment » parce que, jusqu'à hier, je ne pouvais pas du tout la supporter !

Anouk est du genre madame Je-sais-tout et c'est un peu fatigant. Elle connaît le dictionnaire de la lettre A à la lettre Z et passe son temps à lire. À force, le vocabulaire de la langue française lui rentre dans le cerveau.

C'est incroyable mais, chez elle, il n'y a aucune télé, aucun ordi, aucun écran.

C'est un peu pour ça que j'ai tout de suite adhéré au projet de la maîtresse.

Dix jours sans écrans, c'est un vrai défi, mais puisqu'Anouk arrive à vivre sans eux depuis sa naissance, c'est bien la preuve que c'est possible…

Contrairement à ce que pense Gordon, mon voisin de devant en classe qui fait une tête d'enterrement depuis que la maîtresse nous a proposé cette expérience. Pour lui, éteindre une télé, c'est comme arrêter un cœur qui bat. Il ne va pas s'en remettre.

— Si tu es d'accord, on s'associe pour créer l'affiche « Dix jours sans écrans », m'a proposé Anouk hier, après le vote en faveur du défi.

— OK, j'ai répondu, un peu surprise que madame Je-sais-tout m'adresse la parole. Tu as des suggestions ?

— Il faut mener une vraie campagne ! a-t-elle déclaré. Notre affiche doit donner envie aux élèves de l'école de s'associer à notre projet. Vendons-leur notre idée !

J'ai regardé Anouk. Ses joues étaient écarlates. Elle semblait aussi excitée que moi devant le sapin de Noël garni de cadeaux.

– Tu comprends, il faut arriver à faire prendre conscience aux autres élèves qu'un écran n'est qu'un leurre.

J'ai hoché la tête avec vigueur même si je ne savais pas vraiment ce que signifiait un leurre.

– Et faire passer un message très clair : « La vie existe aussi quand les écrans s'éteignent. »

– Waouh ! ai-je dit. T'es super forte pour les slogans, toi !

Anouk m'a fait un grand sourire. Ensuite, elle a déclaré :

– Et toi, tu es géniale pour les dessins.

C'est à ce moment-là que j'ai décidé qu'elle allait devenir ma meilleure amie.

Au moins jusqu'à la fin de notre défi.

On s'est mises au travail. Notre maîtresse nous avait laissé des consignes. Certains d'entre nous devaient réaliser une affiche incitant les autres classes à relever le défi. D'autres devaient proposer des idées pour rendre nos journées sans écrans plus faciles à vivre. Quelques élèves étaient chargés d'écrire un petit texte destiné à nos familles afin d'expliquer que nous aurions besoin d'encouragements durant dix jours…

Pendant qu'on travaillait, Gordon n'arrêtait pas de soupirer. Louis, son meilleur copain, était affalé sur son bureau et bâillait en nous regardant. C'était évident qu'ils avaient voté « non » au référendum.

Au bout d'un moment, Louis et Gordon se sont mis à trafiquer dans leur coin. On ne les a plus entendus, jusqu'au moment où ils ont accroché une affiche horriblement moche au tableau. En dessous de leur slogan « Dix jours sans écrans, la mort au tournant », on voyait plusieurs squelettes qui se dirigeaient vers l'école. Ils avaient des airs épouvantables et deux d'entre eux nous représentaient, Anouk et moi. J'ai reconnu mon collier et ses boucles d'oreilles.

— C'est exactement ce qu'on pense de ce défi ! a déclaré Gordon hilare.

Plusieurs garçons de la classe ont ri.

— Très drôle ! a lâché Anouk. Fin et délicat en même temps…

— Tout le monde n'a pas ton cerveau, madame Dicoquiparle, a renchéri Louis.

La maîtresse est intervenue et a demandé aux deux garçons de se rasseoir. Anouk leur a jeté des regards noirs mais ils ont continué à ricaner bêtement.

À la fin de l'après-midi, Mme Guégan a ramassé les affiches.

– Les choses se précisent, nous a-t-elle déclaré. À partir de vos propositions, je vais constituer un texte explicatif pour vos familles. Dès demain, nous choisirons notre affiche et nous fixerons officiellement la date de notre défi Dix jours sans écrans.

Lorsque la cloche a sonné, on s'est tous envolés vers chez nous avec une certitude : ce défi était génial et on serait les plus forts.

J'ai tout de suite allumé mon ordinateur en rentrant, je voulais envoyer un mail à ma cousine qui habite à Londres pour lui expliquer mon projet. Ensuite, j'ai piqué la tablette de mon frère pour jouer à mon jeu préféré. J'ai pulvérisé mon score et j'ai défilé dans la maison en criant ma victoire, soutenue par les aboiements de Skate, mon chien. Et quand ma série préférée *Secrets au collège* a démarré, je me suis confortablement installée sur le canapé du salon.

– J'adore les soirs où on n'a pas de devoirs ! ai-je lancé à Skate alors que le générique du début démarrait.

C'est à ce moment-là que j'ai repensé à l'école.

Et au défi que j'avais eu le temps d'oublier devant mes écrans.

Une vague d'angoisse m'a envahie.

– Mais qu'est-ce que je vais faire en rentrant de l'école pendant les dix jours du défi? ai-je demandé à Skate qui regardait l'écran avec attention.

Mon chien s'est mis à aboyer.

– Ouais, tu as raison, j'ai encore le temps. Et en plus, je te rappelle qu'Anouk y arrive très bien, elle!

Cette idée m'a rassurée. En tout cas jusqu'au dîner.

Pendant le repas, j'ai annoncé mon intention de participer au défi Dix jours sans écrans.

– Génial! a commenté maman en montant le son de la télé.

– Ouais, comme ça tu arrêteras de me piquer ma tablette, a ajouté mon frère Jérémy.

Ensuite ils ont continué à écouter le présentateur du journal parce qu'il y avait une info très importante.

– Et si vous regardez la télé pendant le défi, je serai obligée de manger seule dans ma chambre, ai-je ajouté.

– Excellent! a commenté Jérémy. Tu ne nous casseras plus les pieds avec tes histoires moisies sur tes copines d'école.

Mon frère aura dix-neuf ans cette année. Pour lui, je suis un bébé qui joue encore à la Barbie. J'ai insisté :

– La maîtresse a dit que les familles devraient aussi faire un effort.

Ma mère était vraiment passionnée par les infos et elle a juste lâché un « Huuuum ».

– Comme éteindre les écrans à leur tour, ai-je précisé.

Mon frère a éclaté de rire :

– Genre « je vais participer à un défi débile de l'école primaire »... Tu rêves !

– On en reparlera, ma louloute, a conclu maman en zappant parce qu'il y avait de la pub. On a le temps de toute façon.

J'ai pensé que ce n'était pas gagné.

J'ai eu envie d'appeler Anouk pour qu'elle me rassure. Elle me proposerait peut-être de m'inviter chez elle pendant les dix jours fatidiques. Finalement, j'ai préféré jouer avec le portable de ma mère. Elle a des tonnes de jeux intéressants.

Jusqu'à ce que je me couche, j'ai réussi à ne pas penser au défi puisque mon esprit était occupé par les images qui défilaient sur l'écran.

À présent, je suis dans mon lit et je n'arrive pas à dormir. Un gros nuage noir a envahi ma tête.

J'ai toujours adoré les défis !

Mais dix jours sans écrans... Franchement, c'est super dur non ?

LES ADDA EN ACTION

Il y a un problème avec la maîtresse en ce moment.

Non, il y a un gros problème.

On ne parle plus que du défi, et on vote sans arrêt ! Hier, on a dû donner notre avis sur les affiches et décider d'une date pour démarrer nos dix jours sans écrans. J'en ai plus qu'assez de mettre des petits papiers dans une boîte ! Je regrette presque les leçons de grammaire !

Gordon et moi, on est toujours archi opposés à ce projet. On a d'ailleurs réalisé une affiche pour marquer notre désaccord.

Personne n'a voté pour elle dans la classe. Pourtant, elle était super chouette avec des squelettes ambulants inspirés par Paloma et Anouk, les deux filles les plus engagées dans ce projet.

Évidemment, c'est leur affiche que les élèves ont choisie. On était dégoûtés ! Madame Dicoquiparle et sa copine ont proposé un dessin dégoulinant de bonheur…

Dans une bulle noire, on voit un loser assis dans son canapé. Avec un regard vide de zombie, il fixe trois écrans à la fois. À l'opposé, dans une bulle rose Malabar, il y a un Superman qui a éteint tous ses écrans. Du coup, il s'envole avec sa bande de copains vers des prés fleuris.

Quand on pense qu'il n'y a pas l'ombre d'un espace vert dans notre cité…

– Complètement débile, a commenté Gordon lorsque les deux amies ont dévoilé leur « œuvre ».

– Quel beau slogan ! s'est exclamée la maîtresse.

« *Il y a une vie derrière ton écran !* » Tu parles d'une phrase !

– Il va falloir que je regarde derrière ma télé ! ai-je ricané. Je vais peut-être découvrir des centaines de petits lutins.

– Louis, c'est dans ta tête qu'ils circulent, les petits lutins ! a lâché Anouk d'un air écœuré.

Leur affiche a eu un succès fou. Et c'est elle qui trône en plusieurs exemplaires dans les couloirs de l'école. À chaque fois que je passe devant, je fais exprès de fermer les yeux.

Mais le pire, ce n'est pas l'affiche. C'est que le défi s'approche à pas de géant puisque la date choisie est la fin du mois !

La classe a voté en masse pour que nous plongions au plus vite dans l'enfer. Et tout le monde a une mine réjouie !

— Trois petites semaines pour se préparer et hop ! On saute dans le grand bain ! a déclaré Anouk ravie quand la date a été votée.

— Il me tarde, s'est exclamée Lucie, ma voisine de devant. J'ai déjà envie de commencer !

C'était consternant... J'ai regardé Gordon. Je crois qu'on a pensé la même chose au même moment.

— Non non non, pas question, a chantonné mon copain.

— Même pas en rêve, ai-je ajouté en souriant.

Il m'a tapé dans la main discrètement.

– Il faut qu'on résiste face à ce défi débile, a affirmé Gordon.

J'ai hoché la tête gravement avant de chuchoter :

– Des Anti Défi Débile Anonymes ! Voilà, on va devenir les ADDA ! Tu en penses quoi ?

On a trouvé ce sigle génial et on a écrit ces quatre lettres à l'intérieur de nos avant-bras, au feutre rouge. Gordon voulait qu'on les grave sur nos peaux avec un canif mais j'ai catégoriquement refusé.

Pendant que je lui expliquais qu'écrire en lettres de sang est trop dangereux, la maîtresse lisait les propositions des élèves pour rendre nos journées sans écrans moins difficiles à supporter.

– En majorité, vous avez choisi les options ateliers divers après l'école et réorganisation totale des week-ends, a-t-elle déclaré. Vos propositions pour les ateliers sont la danse, la musique, la lecture et des ateliers scientifiques...

– On peut aussi ajouter l'atelier DVD, maîtresse ! a lancé Jules. Mon père a une super coll…

– Défi sans écrans, Jules, a soupiré Paloma. D'après toi, sur quoi regarde-t-on un DVD ?

– Ah ouais. Et ciné non plus, ce n'est pas possible alors, a dit Jules qui venait de réaliser ce que signifiait vraiment le défi sans écrans.

– Pour le week-end, vous avez eu des idées très riches, a continué la maîtresse. On a des cours de cuisine, de bricolage, d'arts martiaux, des visites guidées de musée, des pique-niques, des après-midi jeux de société…

Tout le monde s'est mis à parler en même temps. Les propositions de la maîtresse mettaient la classe en transe. Je suis sûr que certaines se voyaient déjà en tutus dans la cour de récré et d'autres avec une toque de chef cuisinier sur la tête... Ridicule !

Pendant la récré, les CM2B sont venus nous parler du défi puisqu'ils ont fini par nous rejoindre en enfer.

– Le maître nous a fait voter comme vous, nous a expliqué Pablo, et le défi a remporté vingt « oui » pour cinq « non ». Je suis dégoûté ! Je n'ai pas envie d'éteindre mes écrans, moi.

– Rejoins-nous ! s'est écrié Gordon en montrant son avant-bras. On est les ADDA, Louis et moi. Les Anti Défi Débile Anonymes ! Cette expérience ne passera pas par nous et nos écrans resteront allumés !

– En plus, on s'engage à ne JAMAIS participer à un seul atelier crétin organisé pendant les dix jours du défi, ai-je ajouté. Du genre collier de perles, pâte à modeler ou je peigne mon Petit Poney.

Gordon s'est mis à rire et Pablo nous a tapé dans la main. Il a couru chercher un feutre rouge pour écrire notre sigle sur son bras.

À la fin de la récré, il y avait cinq ADDA dans l'école. Pablo nous avait ramené deux copains du CM2B.

– Résistons ! C'est notre mot d'ordre, leur ai-je expliqué. On est des purs et durs, les copains. On aime nos écrans et on le fait savoir.

– Bien dit, a commenté Antoine. Le défi, c'est moisi !

– Beau slogan ça ! s'est exclamé Gordon. On aurait pu le mettre sur notre affiche…

En rentrant en classe, Jules m'a fait passer un mot.

« *Je veux être un ADDA moi aussi. J'avais pas bien compris ce que c'était ce défi.* »

J'ai levé mon pouce pour lui montrer que j'étais d'accord.

Notre mouvement était en train de grossir. Et d'ici la fin du mois, j'espérais faire sombrer le défi dans l'oubli.

En attendant, j'étais obligé d'écouter la maîtresse nous lire l'explication qu'elle avait rédigée pour nos parents. Elle les invitait à une réunion d'information leur expliquant le fonctionnement de notre défi. Mme Guégan nous a ensuite distribué le papier destiné à être collé sur nos cahiers.

– Il ne faut pas rapporter ce mot chez nous, m'a chuchoté Gordon.

Mon copain a réalisé une super boulette avec l'invitation de la maîtresse et je l'ai imité. Après avoir fait des signes à Jules, celui-ci a chiffonné le mot à son tour. Pas question de prévenir nos familles puisque, pour nous, le défi était mort avant d'être né.

On avait juste oublié qu'à la sortie des classes, les informations circulent très vite.

– Il y a une réunion un peu spéciale lundi prochain? m'a demandé maman alors que je montais dans sa voiture à 16h45.

– Euh non… ai-je menti en montant le son de la radio.

– Mais Carine, la maman d'Anouk, vient de me parler d'un défi que vous avez lancé à l'école, a insisté ma mère. À propos des écrans il paraît. J'en ai parlé à la mère de Gordon, elle n'est pas au courant non plus.

J'ai fixé les quatre lettres rouges sur mon avant-bras. C'est dur de résister dans un monde où les mères discutent entre elles. Et c'est carrément mission impossible quand madame Dicoquiparle ou sa mère s'en mêlent!

– Ouais, il y a une réunion, ai-je soupiré. Mais ce n'est pas obligatoire. On peut choisir et j'ai dit non…

Maman n'a pas démarré la voiture. Elle s'est tournée vers moi en fronçant les sourcils.

– Comment ça, tu as dit non ? Tu as répondu à ma place pour cette réunion ? Et c'est quoi ces affreuses marques rouges sur ton bras, Louis ?

J'ai soupiré encore plus fort. Comment la mère d'un résistant peut-elle se mettre dans le camp opposé à son fils ? Le monde est parfois profondément injuste.

– J'appellerai Carine pour en savoir plus, a conclu maman en démarrant.

J'ai su que j'étais démasqué. Cerné. Fait comme un rat.

Ma mère irait à la réunion d'information concernant le défi.

Et elle adore les expériences. C'est simple, elle aurait pu avoir toute seule l'idée de ce défi !

Je vais être obligé de jouer serré.

Dix jours sans écrans ? Pas pour un ADDA !

UN MICRO À LA RÉCRÉ

Finalement, c'est papa qui est venu à la réunion d'information concernant le défi. C'est incroyable parce que, d'habitude, il ne s'intéresse pas aux affaires de l'école. Il est trop occupé par son métier de journaliste et ses reportages.

Pourtant, notre expérience a l'air de le passionner.

C'est bien ce qui m'inquiète d'ailleurs.

Lorsque la maîtresse nous a donné le mot pour la réunion, c'était la semaine de papa.

Depuis que mes parents ont divorcé, je partage mon temps entre leurs deux appartements. Jérém ne vient plus avec moi depuis l'année dernière. Il a son permis et se déplace en fonction de ses envies. En lisant le mot, papa a fait une grimace.

– C'est quoi encore cette réunion, Paloma ? m'a-t-il demandé en soupirant. Ta mère ne peut pas y aller ?

– Je pense que ça ne va pas la passionner, ai-je répondu. La maîtresse va demander aux parents de nous aider à éteindre nos écrans. Et maman a...

– Comment ça, éteindre vos écrans ? Explique-moi un peu de quoi il s'agit.

J'ai donc raconté à papa le principe du défi, les affiches dans l'école et les quatre classes qui nous ont rejoints puisque les CM1 et les CE2 participent aussi aux Dix jours sans écrans, comme les deux CM2.

J'ai décrit la mise en place des cinq ateliers après la classe pour éviter les tentations des écrans et les différents projets pour nous occuper le week-end.

– Waouh! a commenté papa. Mais c'est une idée géniale, ça! Je vais m'arranger pour sortir plus tôt du boulot et j'assisterai à la réunion.

Il en est revenu enchanté!

– Ta maîtresse a vraiment eu une idée intéressante, a-t-il déclaré. Je lui ai d'ailleurs dit que j'en parlerais à Paul.

Là, je suis devenue inquiète pour de bon. Paul est le directeur de l'info locale dans la station de radio où mon père travaille.

– Tu veux dire que tu risques de faire un reportage sur ce défi? ai-je demandé.

– Pourquoi pas ma bichette? Ce serait sympa que je vienne passer un peu de temps dans ton école, non?

J'ai fait un grand sourire, mais dans ma tête, une sonnerie a retenti. J'imaginais déjà mon père et son micro dans la cour de récré, et les deux images ne collaient absolument pas ensemble.

Le lendemain, à l'école, c'était la cata totale ! Pendant la réunion, papa avait parlé à la maîtresse d'un éventuel reportage, donc les élèves de la classe avaient fini par l'apprendre. Et chacun se voyait devenir star ou presque.

– Quand ton père viendra, ce sera avec des caméras ? m'a demandé Julie.

– Et tu lui diras qu'il m'« interviouve » ? a proposé Paul.

– Surtout, insiste pour qu'on passe au journal de 20 heures ! a dit Alexis.

– Mon père travaille dans une radio, ai-je déclaré sèchement. Pas à la télé.

Heureusement, Anouk a réussi à m'entraîner à l'écart.

– Ils veulent tous passer à la télé, alors qu'on sera en pleine période sans écrans, j'ai soupiré. Ils ne pourraient même pas se voir s'ils respectent le défi !

– C'est le cœur du problème, a lancé Anouk. Je suis certaine que la moitié des élèves de la classe ne résistera pas longtemps. À commencer par Louis ou Gordon... Tu as vu comme ils ont ricané pendant que la maîtresse expliquait le principe des points ?

Mme Guégan venait en effet de nous décrire le fonctionnement de notre défi.

– Chaque jour, vous devrez noter à l'aide d'un écran barré votre capacité de résistance aux écrans, nous a-t-elle expliqué. Vous le ferez matin, midi et soir. Chaque écran barré vaut un point. On additionnera les points de chaque classe le matin.

– Et qu'est-ce qu'on gagne si on est la classe la plus résistante ? a questionné Flore.

– Rien, à part la joie d'avoir relevé un défi collectif, a conclu la maîtresse en souriant. Et croyez-moi, vous serez fiers de vous !

Gordon a émis une sorte de ricanement.

– Et si on a zéro point, c'est éliminatoire ? a-t-il demandé. On peut se faire renvoyer de l'école ?

– Il n'est pas question de sanctionner qui que ce soit, Gordon. Ce défi n'a pas pour objectif de vous montrer du doigt si vous n'arrivez pas à vous passer d'écrans, mais au contraire de vous prouver que l'on peut faire des choses très intéressantes, sans écran devant les yeux.

– Des trucs passionnants… Comme des cakes à la banane, ou des maisons en Lego, ou une étude de tableau avec le père de madame Dicoquiparle, s'est moqué Louis.

Anouk a fait une grimace. Son père est le directeur du musée de la ville et elle a proposé un atelier visite de musée gratuit le week-end du défi.

Par solidarité envers Anouk, j'ai tapé sur l'épaule de Louis pour qu'il se retourne et je lui ai adressé mon regard le plus noir possible. Il m'a tiré la langue pour bien montrer que le défi ne passerait pas par lui. J'ai fait comme si j'étais très confiante et très sûre de moi.

Comme si…

Maman a appris le soudain intérêt de papa pour le défi. Du coup, elle est entrée dans la compétition.

– Moi aussi, je t'aiderai pendant MA semaine ! s'est-elle exclamée lorsque je lui ai raconté l'épisode « journaliste à l'école ». On éteindra la télé au dîner, promis. Comme ça, tu ne seras pas tentée. Jérém regardera les infos sur son ordi. J'attendrai que tu sois au lit pour la rallumer.

J'ai avalé très vite ma salive. Je sentais qu'on était sur une pente glissante.

– Et je ne te laisserai plus jouer avec mon portable non plus. Comme ça, tu seras super aidée ! Je vais dire à ton frère de cacher sa tablette lorsqu'il sera à la maison…

– Mais tu sais…

– Non non, a insisté maman. Je vais MOI AUSSI m'investir dans ton projet, ma louloute.

Être à la fois la bichette de son père et la louloute de sa mère, c'est super lourd parfois. J'ai compris que, pendant le défi, je serais étroitement surveillée.

Et plus le temps passe, plus ça me stresse.
Devant Anouk, je fais semblant d'y croire.

– Ça va être génial! me répète-t-elle à
longueur de temps. Tu viendras chez moi
si tu veux. J'ai plein de livres à te prêter.
On pourrait échanger un peu nos biblio-
thèques pendant ces dix jours? J'ai des jeux
très amusants aussi. Je les apporterai pour
l'atelier jeux de société à l'école.

Je lui souris en essayant d'être enthou-
siaste. Si elle savait comme je déteste
jouer au Cluedo ou au Monopoly! Quant
aux romans que je suis censée lui prêter,
ils datent de mon CP ou presque! Je ne
lis plus beaucoup. Je préfère jouer sur
consoles ou sur ordi. Les écrans font vraiment partie de ma vie, c'est clair.

Et j'ai honte d'avouer à Anouk à quel point plus le défi s'approche et plus je me sens nerveuse.

En rentrant de l'école hier soir, je me suis mise dans les conditions du défi. Je suis allée voir Skate qui était affalé sur le canapé, comme d'habitude. Mon chien ne se réveille vraiment que lorsque j'allume la télé.

– Alors ce soir, super chien-chien, on va jouer à faire comme si le défi avait commencé, d'accord?

Skate n'a même pas soulevé une paupière.

– Bon, pour éviter d'être tentée par un écran, je vais aller te PROMENER, OK?

Un micro à la récré

Quand Skate était jeune, le mot « promener » le mettait en transe. Depuis, avec Jérém, on s'amuse à le prononcer très fort. Mais mon chien a vieilli et il ne réagit plus... Maintenant, c'est le mot « dormir » qui lui plaît le plus.

J'ai dû l'obliger à descendre du canapé et le traîner de force dans les allées de la résidence. Il s'affalait au pied de chaque arbre. J'étais épuisée en revenant de la balade et je me suis écroulée moi aussi sur le canapé. Là, tout naturellement, j'ai eu envie d'attraper la télécommande.

– Ah ah ! Tu vois, Skate, je n'allumerai pas la télé parce que je me prépare au défi !

Mon chien a fermé les yeux.

– Le DÉFI, Skate ! C'est hyper important pour moi !

Il s'est enfoncé encore plus dans les coussins. Je suis sûre que *Secrets au collège* lui manquait trop cruellement.

Alors j'ai allumé ma télé.

C'est la faute de mon chien aussi. S'il s'intéressait un peu à moi, ce serait plus facile, mais pas moyen de communiquer avec lui. Et puis, il ne faut pas oublier que, pendant le défi, on aura une aide importante pour ne pas penser aux écrans : la possibilité de participer à de super ateliers après la classe.

Du genre jeux de société, lecture, cuisine…

Waouh !

Dix jours sans écrans ? C'est pour bientôt, il paraît.

TOP DÉPART!

C'est la première chose à laquelle j'ai pensé en ouvrant un œil ce matin. C'est aujourd'hui le grand jour selon la maîtresse.

Tu parles ! C'est un vrai cauchemar ce premier jour où je suis censé ne pas allumer un seul écran jusqu'au soir. J'en ai des sueurs froides.

Le pire, c'est que maman a noté la date du début de ces dix journées d'enfer. Elle ne risquait pas de l'oublier même si j'espérais secrètement un miracle…

Lundi 28 mai : DÉFI LOUIS ! a-t-elle écrit en rouge sur le calendrier qui trône dans la cuisine. Rouge comme les quatre initiales des ADDA que je suis obligé de me dessiner sur le pied pour ne pas être démasqué.

Heureusement, les Anti Défi sont toujours là et ça me rassure. On est dix sur les six classes engagées dans cette horrible expérience. Sept garçons et trois filles. Notre mission est simple. Aucun de nous n'a l'intention de rapporter trois points à l'école chaque jour. Matin, midi et soir, à nous les écrans !

Pour moi, ce sera un peu compliqué. Ce défi est devenu celui de ma famille. Maman a complètement craqué. Elle a proposé d'animer un atelier pâtisserie tous les soirs à l'école. Elle en a parlé à papa et il a promis de ne pas allumer télé et ordi en ma présence. Horrible !

Natacha, ma sœur aînée, est en pleines révisions pour ses examens. Elle ne peut se passer d'Internet mais elle a assuré qu'elle veillerait à ce que je ne lui emprunte plus sa tablette. Donc, de ce côté-là, c'est mort.

Quant à Tom, mon petit frère, il est trop jeune pour comprendre que les écrans sont indispensables. Je n'aurai pas son soutien.

J'ai bien l'intention de passer entre les mailles du filet malgré tout. Le lundi, le mardi et le jeudi, entre 17 heures et 18 h 30, je suis seul à la maison... ou presque. Tom sera avec moi, mais à dix-huit mois, il a un vocabulaire trop limité pour me dénoncer si j'allume ma console !

Finalement, ma mère a eu une bonne idée de vouloir animer un atelier.

Quand j'arrive à l'école, c'est le bazar ! Juste devant le bâtiment principal, est garé un énorme camion « RADIO NEWS ». Une équipe décharge du matériel. Dans la cour, tout le monde ne parle que de ça.

– Tu sais que le père de Paloma est en train d'installer un vrai studio de radio dans la salle des maîtres ? me crie Gordon de l'autre bout du préau.

– Ouais, c'est dingue ! ajoute Jules. Ils vont vraiment faire un reportage sur ce défi ridicule !

J'entraîne mes copains ADDA à l'écart.

– C'est excellent les gars. On va sortir de l'anonymat cette semaine.

– Comment ça? me questionne Gordon.

– Très simple! On se fait interviewer par le père de Paloma et on crache notre vérité sur les ondes. « Le défi ne passera pas par nous » ou même « Dix jours sans écrans, la mort au tournant », notre slogan dont personne n'a voulu!

– Waouh! C'est génial! J'adore!

– Ouais, mais si on n'est plus anonymes, ça veut dire qu'on va devoir s'appeler les ADD, lance Jules d'un air embêté. C'est pas très pratique parce que j'ai écrit les quatre lettres sur mes cahiers! Et au feutre indélébile en plus.

Paloma passe devant nous juste à ce moment.

– Si ton père a besoin de candidats pour « l'interviouve », n'hésite pas, on est partants! lui crie Gordon qui n'a jamais su être discret.

– Pfft! lui répond Paloma en haussant les épaules.

La maîtresse nous accueille avec un grand sourire.

– Et voici le jour tant attendu, les enfants. Ce matin, notre défi a commencé !

Les élèves se regardent en souriant, très fiers de montrer un écran barré sur leur carnet de compte.

– Là, ils ont l'air heureux, me chuchote Gordon. Un matin sans écran, ouh là là… Bravo ! Mais tu verras, d'ici deux jours ils vont tous devenir des ADDA.

– Vous connaissez le principe de notre défi, continue Mme Guégan. Comptabilisez dès à présent les plages horaires où vous avez réussi à vous passer d'écrans. Trois points par jour, c'est le maximum que vous puissiez obtenir. Ce soir, après l'école, vous avez la possibilité de participer à un atelier percussions, animé par Yohan et son père, à un atelier jeux de société organisé par Lucie notre surveillante de cantine, à un atelier hip-hop que va diriger Julie la prof de danse, à un atelier radio dont s'occupe le papa de Paloma et enfin à un cours de cuisine animé par Louis et sa maman.

Je manque de m'étrangler avec ma salive.

– Euh… Il y a une erreur, maîtresse. Ma mère gère l'atelier mais pas moi.

– Ah ? Pourtant, elle a marqué sur la fiche que vous seriez deux pour le cours cupcakes. Il paraît que tu es excellent en pâtisserie.

Je deviens tout rouge parce que les filles me regardent.

– Pas du tout, dis-je en baissant la tête.

– Tu veux bien m'accepter dans ton atelier ? me chuchote Jules. Parce que moi, j'adore les cupcakes !

– On a dit zéro atelier pour les ADDA, andouille ! lui lance Gordon un peu trop fort.

La maîtresse nous demande de nous taire et on se plonge dans nos cahiers.

Juste avant la récréation, le père de Paloma frappe à la porte de la classe. En entrant, il parle à voix basse à Mme Guégan, et celle-ci lui laisse la parole.

– Bonjour à tous ! nous lance-t-il en souriant. Vous savez que Radio News est installée jusqu'à vendredi dans vos locaux. On sera à l'antenne régulièrement dans la journée. On a aussi prévu des petites émissions sur les ateliers du soir.

Toute la classe applaudit comme si on était à un spectacle. Ridicule !

– Et pour débuter, continue-t-il, je vous propose d'interviewer quatre d'entre vous pendant la récré. Je souhaite récolter vos impressions alors que vous vous lancez dans ce défi passionnant. Qui est volontaire ?

Évidemment, à part Jules, Gordon et moi, qui préférons attendre le bon moment pour parler sur les ondes, tout le monde lève la main. C'est un concert de « Moi ! moi ! moi ! » !

Mme Guégan désigne les quatre futurs interviewés. Et comme par hasard, Paloma et Anouk font partie du lot. Clément et Quentin les accompagnent et ils sourient tellement fort qu'on peut compter leurs dents.

– À plus tard ! lance le papa de Paloma avant de repartir avec son petit groupe.

Lorsqu'on se retrouve dans la cour cinq minutes plus tard, c'est un vrai cauchemar ! Des enceintes ont été installées aux quatre coins du préau et on peut entendre l'interview réalisée par le père de Paloma. Ce qui est fou, c'est que pratiquement toutes les classes concernées sont assises par terre pour écouter l'émission en direct de notre école. Seuls les CP et les CE1 continuent à jouer en faisant du bruit et la plupart des autres élèves leur crient « Chut ! ».

On entend surtout Anouk parler. Elle évoque son envie d'aider les autres pendant ce défi puisque, pour elle, se passer d'écrans est une habitude quotidienne. Cette fois-ci, c'est Gordon qui manque de s'étrangler.

– T'as entendu, Louis? C'est incroyable! Madame Dicoquiparle n'a VRAIMENT pas la télé chez elle! Pas de consoles! Pas de…

Je lui fais signe de se taire pour écouter Clément et Quentin qui essaient de décrire leur conception du défi.

– Vous devrez combattre vos habitudes, déclare le papa de Paloma. Quels seront vos moyens pour lutter contre la tentation?

Comme Quentin et Clément parlent en même temps, on ne comprend rien. Finalement, c'est Anouk qui prend encore la parole :

– Il n'est pas question non plus de tourner définitivement le dos aux nouvelles technologies qui sont utiles lorsqu'elles sont bien utilisées. En ce qui me concerne, je compte surtout donner des conseils aux élèves tentés de rallumer leurs écrans. J'ai envie de les aider à aller jusqu'au bout du défi. Ils doivent profiter de cette expérience exaltante !

– Mais de quoi elle nous parle avec ses nouvelles technologies et son expérience exaltante ? s'écrie Jules.

– Ouais, j'ai rien compris ! lance Gordon. C'est quoi « et qu'ça le tente » ? Ça tente qui ?

Je mets du temps à expliquer à Gordon que « exaltante » s'écrit en un seul mot. Du coup, je rate la réponse de Paloma qui est invitée par son père à donner ses impressions. J'entends juste son « On verra bien » final.

En ce qui nous concerne, c'est tout vu.

Gordon a apporté sa console portable et, à midi, on se planque dans un coin de la cour pour y jouer.

Dix jours sans écrans ? Même pas en rêve !

CUPCAKES ET LANGUE DES SIGNES

Je ne suis toujours pas habituée à voir mon père le matin à l'école.

C'est un peu lourd d'ailleurs. Il m'a déjà appelée plusieurs fois bichette en trois jours au lieu de Paloma. Et devant les deux garçons les plus débiles de la classe, Louis et Gordon. Du coup, ils ont immédiatement attaqué !

— Alors bichette, ça va ? a lancé Gordon à la récré suivante.

— Tu vas gagner un max de points, hein bichette ? a renchéri Louis.

J'ai eu envie de les taper.

À cause du défi, je suis de plus en plus nerveuse.

Déjà deux journées sans écrans !

Finalement, je n'ai pas vu passer la première journée.

Il faut dire qu'elle a été ponctuée par un tas d'événements. D'abord, deux techniciens de Radio News ont installé un mini studio à l'école. Papa a fait des petits reportages durant la journée et tout le monde était très excité.

Ensuite, il y a eu l'épisode de la console. Il concernait Louis et Gordon justement... Ils se sont fait prendre en train de jouer avec une DS portable dans la cour entre midi et deux. Les jeux électroniques sont évidemment interdits dans l'enceinte de l'école. Donc le directeur les a convoqués dans le bureau et leur a confisqué l'objet, en précisant que cette sanction n'avait aucun rapport avec le défi en cours.

– Ils l'ont fait exprès ! a déclaré Anouk d'une mine dégoûtée quand on a appris la nouvelle. C'est leur façon de nous dire « Le défi, pas pour nous ! ».

Quand les deux copains sont réapparus dans la cour, ils n'avaient pas l'air abattus. Au contraire, ils faisaient les malins. Ils avaient même noué un foulard rouge autour de leur tête.

– Ils se prennent pour des pirates, regarde-les ! s'est moquée Anouk.

Ils n'ont pas joué aux pirates bien longtemps.

Surtout Louis !

À la sortie de l'école, on s'est dirigés vers les ateliers qui nous étaient proposés. Il y a eu une belle pagaille à la radio parce que tout le monde voulait travailler avec mon père. Moi, je suis allée à l'atelier cuisine qui était animé par la maman de Louis. Le plus drôle, c'est que Louis y était aussi ! Il venait pour la saluer avant de quitter l'école lorsqu'elle l'a interpellé :

– Dis-moi Loulou, je t'ai prévu comme aide-pâtissier cette semaine.

Le Loulou en question est devenu cramoisi.

– Mais maman, je vais chercher Tom chez sa nounou.

– Tu ne vas chercher personne ! Je me suis arrangée avec la voisine. Allez Loulou, on nous attend, je crois !

Louis ne savait plus où se mettre. Du coup, il a été aide-pâtissier pendant la séance et j'avoue qu'il s'en est bien tiré, même s'il faisait une tête de trois mètres de long. J'en ai profité pour prendre ma revanche.

– Pas de Loulou si pas de bichette, OK? lui ai-je glissé alors qu'il m'aidait à remplir mes corolles de pâte à cupcakes.

Il m'a jeté un regard noir.

Ensuite, il a fait une sorte de rictus qui ressemblait à un sourire.

En rentrant avec papa ce soir-là, je n'ai pas eu de mal à me passer de mes écrans chéris. Il était tard et on était pressés de manger les cupcakes que j'avais rapportés.

Ce matin, en classe, on a effectué les premiers comptes d'écrans barrés. On a sorti notre carnet individuel sur lequel on note nos efforts. La majorité des élèves avait trois points. Jules et Gordon affichaient fièrement leurs trois zéros puisqu'ils ont réussi à être devant leurs écrans matin, midi et soir. Ils n'arrêtaient pas de jeter des regards à Louis qui comptabilisait deux points. La maîtresse nous a annoncé que nous avions déjà soixante-quatre points. Tout le monde voulait savoir si nous étions la classe la plus résistante de l'école.

— Les scores des six classes seront révélés dans l'émission en direct pendant la récréation, a expliqué Mme Guégan. Cette fois-ci, le papa de Paloma va interviewer des élèves du CM2B.

À la récré, je me suis isolée avec Anouk pour lui raconter mon atelier de la veille.

— Moi, ce premier jour de défi n'a pas changé ma vie, m'a annoncé Anouk. J'ai rejoint mon père au musée et j'ai lu dans son bureau.

— Pourquoi tu n'es pas venue aux ateliers ? lui ai-je demandé.

Anouk n'a pas eu le temps de me répondre. La maîtresse venait la chercher.

— Le papa de Paloma souhaite que tu reviennes à l'antenne, lui a-t-elle expliqué. Il trouve que tu t'exprimes vraiment bien.

Tu pourrais animer les débats avec lui pendant l'émission du matin et donner des conseils pour tenir bon face aux écrans ?

Anouk est devenue toute rouge et elle a fait un grand sourire. Moi aussi, j'ai essayé de sourire, mais je n'ai pas réussi. J'étais jalouse ! J'en voulais terriblement à papa d'avoir choisi madame Je-sais-tout à ma place. Celle-ci est partie en courant vers le studio et, deux minutes après, on entendait sa voix résonner dans la cour.

Quand elle est revenue en classe, la maîtresse l'a félicitée pour sa « prestation ».

Tu parles ! Elle n'a aucun mérite ! Pour elle, le défi, c'est son quotidien, elle l'a dit elle-même. J'ai essayé de rester naturelle avec Anouk aujourd'hui, mais j'ai eu du mal.

Ce soir, je traîne dans la cour. Je dois choisir un nouvel atelier mais plus rien ne me tente. Je ne veux surtout pas aller voir papa. Puisqu'il ne m'a pas choisie comme co-animatrice, je ne me rendrai pas une seule fois dans son atelier.

Du coup, je vais devoir l'attendre pour rentrer et m'ennuyer.

J'ai envie de demander à maman de me prendre chez elle le temps du défi.

Au moins, en fin d'après-midi, je serai à la maison avec Skate. Je me revois assise devant la télé avec sa tête sur mes genoux. Il adore *Secrets au collège* lui aussi. C'est le seul moment de la journée où il a l'air un peu réveillé. Je lui explique les moments difficiles et je suis sûre qu'il comprend.

J'ai déjà raté deux épisodes de mon feuilleton préféré…

– Alors bichette, on compte ses points pour demain ?

Gordon me fait sursauter. J'ai envie de hurler mais je reste digne. « Loulou » aurait pu faire passer le message quand même !

– Si j'avais un prénom comme le tien, je ne me moquerais pas des petits noms des autres, je réplique, énervée.

– Quoi? Qu'est-ce qu'il a mon prénom? s'étonne Gordon. Mes parents m'ont appelé comme ça à cause de Gordon Blue.

– Ravie de l'apprendre, dis-je en haussant les épaules.

– Gordon Blue était un acteur très connu quand mes parents étaient jeunes. Il jouait dans des tonnes de séries américaines et mes parents adorent la télé! C'est une sorte de dommage.

Je regarde Gordon.

– Euh… Tu parles d'un « hommage » non?

– Ah oui! Louis dit toujours que j'ai du mal avec les mots. Quand c'est trop compliqué, moi je zappe!

Ensuite Gordon s'installe carrément à côté de moi, comme si on était les meilleurs amis du monde.

– Je n'irai pas dans un seul de ces ateliers, déclare-t-il. Je vais rentrer regarder la télé.

– Tu as vu *Secrets au collège* hier? je lui demande.

Tout de suite après, je regrette ma question. Gordon va réaliser que j'ai du mal à me passer de mes écrans chéris.

– Ouais… Mais il n'y a rien eu de nouveau. Luc a toujours son entorse, donc il ne peut plus aller en cours. Ce n'était pas vraiment passionnant.

– Pourquoi tu as allumé ton poste alors? je lui rétorque d'un air agressif.

C'est vrai quoi! On fait des efforts pour se priver, et Gordon continue à se prélasser devant sa télé.

– Ben… Je ne l'ai pas allumée puisqu'on ne l'éteint jamais chez moi. En plus, je suis obligé de regarder cette série pour mon frère. Il est sourd, et il adore *Secrets au collège.* Alors je la lui traduis en langue des signes. Il n'y a personne d'autre à la maison à ce moment-là. Je ne vais pas le priver de télé pour un défi débile. En plus, on est plusieurs dans cette école à refuser de...

Je n'attends pas qu'il finisse sa phrase.

– Tu connais la langue des signes ? je le questionne, étonnée.

Gordon lève ses mains, et il m'adresse un message incompréhensible en agitant ses doigts et en articulant avec sa bouche.

– Je t'ai juste dit : « Je la parle depuis trois ans. »

– Waouh !

Je connais Gordon depuis la maternelle et c'est la première fois que ce garçon arrive à m'épater.

– Tu veux bien m'apprendre quelques mots ? je lui demande.

Gordon se cale confortablement contre le mur du préau, et il commence son cours.

Quand papa vient me chercher, je sais dire en langue des signes : Dix jours sans écrans, c'est super long !

LES POINTS S'ACCUMULENT...

Je n'en reviens pas moi-même mais les chiffres sont là.

En cinq jours de défi, j'ai un score de dix points !

Je n'ose plus sortir mon carnet le matin. Gordon et Jules n'arrêtent pas de ricaner en me regardant.

– Tu as un max de points, Louis ! Bravo mon Loulou !

Gordon ne m'a pas loupé à la récré. Il sait pourtant à quel point je déteste le surnom que me donne ma mère.

– Je t'ai déjà expliqué que je suis cerné ! je m'exclame pour me justifier. Le midi, je suis coincé à l'école sans écran puisque le directeur t'a confisqué ta DS. J'anime l'atelier pâtisserie tous les soirs. Au point que je n'ai plus envie de manger un seul gâteau ! Et en rentrant chez moi, mon père et ma mère font le défi eux aussi. Ils essaient de couper tout contact avec un écran pour la soirée. Donc, adieu l'ordi ou la tablette puisqu'ils s'arrangent pour que je sois le plus occupé possible. Dès que je peux, je pique en douce leurs portables pour jouer à mes jeux préférés, mais je n'ai plus beaucoup de temps... C'est déprimant !

Gordon me regarde gravement.

– Tu dois me dire si tu es toujours un ADDA.

– Mais évidemment que j'en suis un ! je crie. Regarde, j'ai toujours mes initiales !

Je me dépêche d'enlever une de mes chaussures pour lui montrer les quatre initiales rouges qui trônent sur le dessus de mon pied. Gordon éclate de rire.

– C'est bon. Remets ta chaussure avant de nous asphyxier ! Il fallait que je sache si tu es toujours des nôtres parce qu'on va sûrement réussir à passer à la radio.

Mon copain prend son air mystérieux avant de chuchoter :

– C'est top secret, mais je commence à devenir copain avec Paloma.

C'est à mon tour de rire. Je connais Gordon et je sais à quel point Paloma est exaspérée dès qu'il lui parle. Il continue :

– Tu sais, le soir, quand tu animes l'atelier gâteau avec ta mère, moi, je reste avec Paloma dans la cour. Elle attend son père et je lui apprends la langue des signes.

Gordon affiche un grand sourire avant de conclure fièrement :

– Et figure-toi qu'elle m'a proposé d'en parler à son père !

– Waouh ! je lance, admiratif. Tu t'es super bien débrouillé ! Du coup, je t'accompagne pendant l'émission, et hop, on envoie notre message sur les ondes : « Le défi, c'est moisi ! ».

J'ai déjà hâte d'y être. Je vais enfin proclamer mon envie de rallumer mes écrans !

En classe, la maîtresse nous énumère les activités mises en place par la mairie pour le week-end. On peut suivre la visite guidée de musée avec le père d'Anouk qui en est le directeur, faire un jeu de piste dans la cité avec trois animateurs du centre de loisirs ou passer une après-midi multisports au gymnase. Une certaine agitation parcourt les rangs.

– Un peu de calme, ordonne Mme Guégan. Je voulais juste vous dire qu'au cinquième jour de ce défi, vous avez atteint un score de 196 points. Pour l'instant, vous êtes officiellement la classe la plus résistante aux écrans.

Les élèves se mettent à crier et certains se lèvent pour manifester leur joie.

– Mais au-delà des points, j'ai pu faire quelques constatations, continue la maîtresse après avoir réclamé le silence. Dans l'ensemble, cette semaine, je vous ai trouvés plus concentrés sur votre travail. Et plus solidaires. Comme si le fait d'avoir du temps libre sans écrans devant les yeux vous permettait d'être plus attentifs les uns aux autres.

On se regarde. Gordon se tourne vers Paloma et lui sourit. Elle l'imite, ce qui est carrément incroyable !

– Ce week-end, je compte redevenir un ADDA pour de bon, je chuchote à mon copain. Ma mère ne va pas me suivre à la trace pendant deux jours complets. J'aurai forcément des créneaux tranquilles.

– Ouais, commente Gordon sans enthousiasme.

Je sens bien qu'il ne m'écoute pas et je le vois ramasser un bout de papier pour le déplier en douce sous la table. Mais comme il n'est absolument pas discret, j'arrive à lire le contenu de ce mystérieux message.

Si demain je vais au musée du père d'Anouk, tu viens avec moi ou pas ?

Je suis tellement étonné que je ne réagis pas. Paloma envoie des mots en cachette à Gordon et surtout... elle l'invite au musée !

Ce défi rend tout le monde fun !

J'attends l'heure de la cantine pour coincer mon copain.

– Alors? Paloma et toi? Hum hum…

Il devient tout rouge.

– Avoue! Madame t'invite au musée et toi, tu y cours!

– Mais non! D'abord, tu n'avais pas le droit de lire par-dessus mon épaule! crie Gordon avant de s'éloigner à grands pas.

J'arrive à le rattraper.

– Excuse-moi! Allez, on ne va pas se fâcher à cause d'un minable petit défi! Je plaisante pour Paloma et toi.

– Si je lui parle, c'est pour obtenir une « intervioue », je te signale! lance mon copain. Alors arrête de te faire des idées! Grâce à moi, je suis sûr que ce week-end, on pourra passer à la radio.

Je tape dans la main de Gordon pour sceller notre plan.

J'ai déjà envie que le week-end soit là. D'abord parce que je pourrai m'arranger pour trouver des écrans disponibles à la maison, ensuite parce que, dès lundi, l'atelier cuisine n'aura plus lieu. Il sera remplacé par un atelier poterie. À moi la liberté après l'école !

Je suis sûr que les points comptabilisés lundi matin ne seront pas nombreux. Les élèves finiront par craquer puisqu'on va passer deux longues journées chez nous face à nos écrans éteints. Certains ne résisteront pas à l'envie de les rallumer.

Et c'est tant mieux.

Marre de ce défi qui nous rend bêtes !

J'ai passé des heures à remplir des corolles de pâte à cupcake.

Mon copain est en train de tomber amoureux.

Et les ADDA sont tellement dans l'ombre qu'ils vont finir par disparaître.

Quand je pense que j'étais à deux doigts de pulvériser mon record à Mario Kart ! À cause du manque d'entraînement, mon score va chuter et mon cousin me battra encore la prochaine fois qu'on se verra. Pas question !

Je suis un ADDA et je le reste.

À la sortie des classes, je traîne des pieds pour rejoindre ma mère à l'atelier.

– Ce soir, tu peux rentrer à la maison si tu veux, m'annonce-t-elle. J'ai moins d'enfants que d'habitude et je réussirai à me débrouiller sans toi, Loulou.

S'il n'y avait pas du monde autour de moi, je sauterais dans les bras de ma mère, malgré le Loulou qui m'exaspère. Je suis liiiibre !

Je me rue vers la sortie. J'ai le temps d'apercevoir Gordon et Paloma installés dans un coin de la cour. Mon copain fait de grands gestes et Paloma rit aux éclats. Ils ont l'air de bien s'entendre, Gordon ne m'a pas menti.

J'aimerais tellement que ce défi s'arrête pour qu'on recommence notre vie d'avant. Gordon et moi devant nos consoles en sortant de l'école par exemple...

Je hausse les épaules et je pars au pas de course jusqu'à chez moi.

Il n'y a personne. Papa est allé chercher Tom chez sa nounou et ils sont au parc.

Quant à Natacha, elle ne rentre pas avant 19 heures. J'ai ENFIN le temps de me poster devant mes écrans.

Le bonheur !

J'ai presque envie de tout allumer en même temps : la télé, l'ordi de papa et ma console.

Je me contente de brancher cette dernière que maman avait soigneusement rangée dans un placard. Elle pensait sûrement que je ne l'utiliserais pas pendant dix jours. Mon écran s'allume enfin quand des cris retentissent en bas de chez moi. J'essaie de me concentrer sur mon jeu mais impossible. Je me penche à la fenêtre, j'aperçois Max et une bonne partie des garçons de ma classe.

– Qu'est-ce que vous faites ? je leur demande, les mains en porte-voix.

– Comme on s'ennuie, on a décidé de faire le foot du siècle, me crie Jules. Les CM2A contre les B. Viens avec nous ! Tu sais où est Gordon ?

Je hausse les épaules. J'ai envie de répondre « avec son amoureuse », mais je me tais. Je ne vais pas trahir mon meilleur copain, même s'il ne m'a encore rien avoué.

– Non ! Aucune idée.

Ensuite, je referme ma fenêtre, énervé d'être dérangé alors que je m'apprêtais à jouer.

Pour la rouvrir deux minutes après top chrono.

– Les gars, je hurle à la bande qui repart déjà. Attendez-moi, je suis des vôtres !

C'est vrai, quoi ! C'est la première fois qu'on fait un foot du siècle. Ça ne se loupe pas !

J'éteins Mario Kart à toute vitesse.

Les points s'accumulent...

Allumer un écran cinq minutes, ça ne compte pas. Je crois que je vais encore avoir un point de plus.

Dix jours sans écrans ? Je reste un ADDA...

Un scoop!

J'arrive à dire de plus en plus de mots en langue des signes. Hier soir, j'ai annoncé à mon père mon score de la semaine seulement avec mes mains. Il ne comprenait rien et j'ai bien ri.

– Je te montre juste le nombre de points que j'ai obtenus au défi, lui ai-je expliqué. J'en ai eu quinze et c'est le maximum parce que, jusqu'à maintenant, je n'ai pas allumé un seul écran.

– Waouh ! Bravo ma choupette ! a crié papa.

Pendant que je lui interdisais de remplacer le « bichette » interdit par un autre surnom, il m'a questionnée :

– Ton ami Gordon qui t'apprend la langue des signes accepterait-il de venir parler du défi à la radio ce week-end ?

– Euh… Je ne sais pas s'il est un bon exemple d'élève qui arrive à vivre sans écrans. Je crois que chez lui, ils n'éteignent jamais la télé ou presque.

Papa a haussé les épaules.

– Alors il pourrait raconter comment il a appris la langue des signes. C'est intéressant d'entendre un enfant de ton âge expliquer qu'il a fait des efforts pour communiquer avec son frère sourd. On peut mettre le défi entre parenthèses cinq minutes.

J'ai acquiescé. À ce moment-là, j'avais très envie de mettre le défi entre parenthèses moi aussi. Je me suis dirigée vers la télécommande avec l'intention d'allumer la télé. J'ai pensé très fort à *Secrets au collège* que j'avais raté quatre fois de suite.

Un scoop!

Gordon ne me raconte plus les épisodes puisque, depuis qu'il m'apprend la langue des signes, il rentre trop tard pour voir notre feuilleton préféré. Du coup, son frère est privé des dialogues, mais Gordon m'a expliqué qu'il aimait de moins en moins cette série.

Finalement, au lieu de regarder la télé, j'ai préféré rejoindre papa dans son bureau. Il préparait la bande-son de son émission du week-end. Je n'avais jamais pris le temps de l'observer en plein travail et il m'a expliqué plein de choses passionnantes.

— Moi aussi je serai journaliste un jour, lui ai-je affirmé. Et si je fais une émission dans l'école de ma fille, je la prendrai comme co-animatrice, moi !

Papa m'a regardée avec un sourire moqueur.

— Tiens tiens, ma Schtroumpfette est donc jalouse de sa meilleure copine à qui j'ai prêté le micro quelques minutes chaque matin ?

— D'abord, ce n'est pas ma meilleure copine, ai-je lancé, boudeuse. Et arrête avec tes surnoms bébêtes. Je m'appelle Pa-lo-ma !

Papa a ri franchement avant de m'avouer qu'il comptait bien me donner la parole à moi aussi.

— Lorsque je ferai la dernière émission sur votre défi, c'est toi qui parleras au nom des élèves de ton école. Tu évoqueras vos impressions et la façon dont vous avez vécu ces dix jours. Tu vois, je ne t'oublie pas.

Quand je me suis couchée hier soir, j'ai réalisé que je n'avais toujours pas allumé un seul écran.

Un scoop !

C'est bizarre. J'avais terriblement peur de ne pas tenir un jour entier et j'ai passé cinq longues journées sans écrans. Le week-end qui s'annonce va sûrement faire chuter mon score mais je ne pense plus au défi de la même manière. J'imaginais une montagne immense à escalader, pour l'instant, c'est plutôt une petite colline.

Aujourd'hui, j'ai rendez-vous avec Gordon. Depuis le début de la semaine, j'ai eu le temps de changer d'avis sur lui. Je pensais qu'il avait trois de QI. Il a juste du mal à mémoriser les mots difficiles. Du coup, il dit parfois des phrases rigolotes et il me fait beaucoup rire. Il m'aide aussi à ne plus penser à mes écrans chéris !

– Salut bichette !

À chaque fois, Gordon me fait sursauter. Comme je fronce les sourcils, il s'écrie en levant le bras pour se protéger :

– Arrête, ne me tape pas ! Je ne t'appellerai plus bichette, ma pépette !

Je m'éloigne de lui mais il se plante devant moi et me parle en langage des signes. Je comprends seulement qu'il s'agit de son frère et de sa maison.

– Tu viens chez moi pour que je te présente mon frère ? Tu pourras discuter avec lui, précise Gordon à voix haute. Ensuite, je t'accompagne au musée si tu veux.

Je suis Gordon jusqu'à son immeuble. Avant d'entrer chez lui, on entend déjà le son d'une émission connue. Quand on arrive dans le salon, il n'y a personne, mais la télé fonctionne.

– Tu vois, ici, on n'éteint jamais les écrans, m'explique-t-il en baissant le son. On n'aime pas le silence.

Il m'invite à le suivre et je découvre la chambre qu'il partage avec son frère.

Un scoop!

Quel désordre ! Wayne, son frère, est affalé sur le lit. Comme il est sourd, il parle très mal. Il va dans une école spécialisée. J'arrive à échanger quelques mots en langue des signes mais il s'exprime trop vite pour moi. Gordon fait l'interprète.

J'ai le temps d'apercevoir une console et un ordi allumés. Bizarrement, je trouve ça idiot. Et j'étais pourtant capable d'en faire autant la semaine dernière.

En sortant de l'appartement, je demande à Gordon :

– Tu ne trouves pas que ce défi nous transforme un peu ? Moi, j'ai l'impression d'avoir de nouvelles idées.

– Ouais, commente Gordon. Je pensais que tu étais une fille gnangnan comme ta copine Anouk et je ne le pense plus.

Je n'ajoute pas un mot. Je crois que Gordon vient de m'adresser un compliment.

On marche en silence jusqu'au musée. Anouk nous a donné rendez-vous à 15 heures et on a une demi-heure d'avance.

– Madame Dicoquiparle va nous faire une conférence, tu crois? me questionne Gordon.

– Mais non! C'est son père qui anime la visite. Et puis arrête de l'appeler comme ça, c'est pas très sympa.

Après quelques secondes de réflexion, je lâche :

– Remarque, je l'appelais madame Je-sais-tout avant le défi.

– Ah, tu vois! Avoue qu'elle est un peu bizarre comme fille! Pas de télé, d'ordi, de console chez elle. Et ça n'a pas l'air de lui manquer. Tu imagines? Sa vie, c'est notre défi, mais tous les jours!

Un scoop !

Je pense à Anouk, si sérieuse, si appliquée. Elle n'est pas triste pour autant. Juste plus concentrée que les autres. Et tellement investie dans ce défi !

Une fois arrivés devant le musée, Gordon propose que nous attendions dans le hall. On se présente donc au guichet et la dame de l'accueil nous fait passer le portique gratuitement puisque nous sommes de l'école.

On s'assoit timidement sur un banc et on n'ose plus trop parler pour ne pas déranger les visiteurs. Très vite pourtant, on entend une petite musique que nous reconnaissons tous les deux. C'est la bande-son d'un jeu très connu.

– T'as entendu, Paloma ? me chuchote Gordon. Quelqu'un joue à Mario Kart ici.

Je lui fais signe de se taire et de me suivre. L'air de rien, on se lève et on se dirige vers le son. Nos pas nous mènent vers un bureau entrouvert sur lequel est écrit en lettres d'or « DIRECTEUR ».

– C'est le père d'Anouk qui est en train de jouer, je murmure au creux de l'oreille de Gordon.

Celui-ci plonge discrètement son regard dans l'entrebâillement de la porte.

– Ben ça alors ! lance-t-il en oubliant toute discrétion.

Je n'ai pas le temps de lui dire « chut », il pousse carrément la porte du bureau en criant :

– Prise en « fringant » délit !

Un scoop!

Stupéfaite, j'aperçois Anouk en train de jouer à Mario Kart sur un ordinateur!

– Mais... Mais... Je croyais que tu n'avais pas d'ordi, lui dis-je. Et... et le défi?

Anouk est rouge. Elle nous regarde l'un et l'autre avec l'air de ne rien comprendre.

– Vous... Vous êtes tr... très en avance, bégaie-t-elle.

– Tu ne pensais pas qu'on te surprendrait en « fringant » délit, hein? insiste Gordon. Alors tu jouais tranquillement! Et lundi, tu aurais encore raconté que toi, ton défi, il est « quotidiel »!

– Apprends à parler correctement, lance Anouk qui a repris ses esprits. On dit « flagrant délit ». Et « quotidiel » n'existe pas.

Je n'attends pas que Gordon réponde, je le fais à sa place.

– Il a peut-être oublié de dire « quotidien » correctement, mais lui, au moins, il est venu au musée au lieu de battre son record sur Mario Kart !

Gordon et moi, on croise les bras en fixant Anouk dans les yeux. Elle nous adresse un pâle sourire avant d'avouer à voix basse :

– Dix jours sans écrans, c'est pas évident hein ?

DES PROS DU MICRO

Aujourd'hui, pour la première fois de ma vie, j'ai parlé dans un vrai micro, avec de vrais écouteurs sur les oreilles, dans un vrai studio de radio.

C'est cool de savoir que ma voix a été entendue sur les ondes... Ma famille m'écoutait puisque l'interview a été réalisée en direct, ce qui me rend encore plus fier. Je n'ai absolument pas parlé au nom des ADDA, mais ce n'est plus très grave puisque j'ai un peu changé d'avis.

Je dis « un peu », parce que j'attends de voir comment vont se passer les derniers jours de défi. Les premiers ont apporté leur lot de surprises !

Et ils ont surtout transformé Gordon !

Mon copain est venu me chercher samedi après-midi. Après le foot du siècle de vendredi soir où ma classe a écrasé celle des CM2B, on a décidé de se retrouver au gymnase pour l'atelier multisports. On était d'accord pour laisser nos écrans éteints et, en tant qu'ADDA, j'étais un peu gêné. Jules qui fait partie de l'équipe m'a expliqué son point de vue :

– Tu peux quand même être un bon Anti Défi ! Il suffit qu'en sortant du gymnase tu rentres direct chez toi pour griller tes points. En jouant sur ta console toute la soirée, c'est gagné !

Convaincu que je continuais à être un ADDA, j'allais partir au gymnase quand Gordon est arrivé.

– J'ai une nouvelle incroyable. Devine ! m'a-t-il annoncé alors que je lui ouvrais la porte.

– Je ne sais pas. Tu te maries avec Paloma ?

Mon copain n'a même pas réagi à ma plaisanterie, il a continué :

– Ça concerne madame Dicoquiparle !

– Euh… Vous l'avez choisie comme demoiselle d'honneur ?

Gordon a froncé les sourcils. Les infos étaient enfin arrivées jusqu'à son cerveau.

– C'est bon ! Je plaisante ! ai-je dit. Allez raconte !

Mon copain a bougonné quelques secondes mais il était trop pressé de me livrer son scoop.

– Bon alors… Info numéro un : Anouk est une menteuse. Info numéro deux : elle joue tous les jours sur l'ordi de son père au musée. Info numéro trois : elle a continué à jouer depuis le début du défi.

J'ai regardé Gordon sans dire un mot. Ses yeux brillaient d'excitation.

– Et info numéro quatre : c'est moi qui l'ai découverte !

– Euh... Tu as vu Anouk au musée ? Aujourd'hui ? lui ai-je demandé étonné.

Gordon a pris un air un peu gêné avant de m'expliquer qu'il avait finalement décidé d'accompagner Paloma.

– C'est là qu'on a surpris Anouk en train de jouer à Mario Kart dans le bureau de son père ! m'a-t-il précisé.

J'étais carrément stupéfait. Mais je crois que ce qui me paraissait le plus fou, c'est que mon copain qui, d'habitude, passe son samedi devant ses écrans, ait accepté d'accompagner Paloma au musée !

– Et... Comment a réagi la menteuse?

– Mal! Elle était au bord des larmes. Elle nous a expliqué qu'elle utilise l'ordi seulement dans le bureau de son père, le soir, de temps en temps. Et elle nous a affirmé n'avoir aucun écran chez elle pour de vrai... Elle a juste « oublié » de préciser qu'elle en avait un, ailleurs !

– Quand je pense qu'elle nous donne ses trois points tous les matins en faisant sa crâneuse ! me suis-je écrié. Il faut lui enlever tous ses points pour la punir ! C'est une ADDA en fait !

– Justement, à propos des Anti Défi... Je venais aussi te dire que... Ce serait bien qu'on ne parle pas de ça demain à la radio.

Comme je ne comprenais rien, Gordon m'a expliqué que le père de Paloma l'invitait pour une interview le lendemain matin.

– Comme l'école sera fermée, on ira directement dans les locaux de Radio News. J'ai demandé que tu viennes avec moi, mais… pas pour parler des ADDA. J'ai plus trop envie d'en faire partie.

C'était l'après-midi des surprises ! Gordon m'a alors avoué que, dès lundi, il avait l'intention d'animer un atelier langue des signes après l'école le soir.

– Paloma sera là aussi. Elle pense que cet atelier sera génial et qu'il occupera drôlement bien la tête. Comme ça, on aura moins envie de se jeter sur son écran. La maîtresse a accepté ma proposition. Donc moi, je ne peux plus être un ADDA puisque je vais aider les autres à tenir bon pendant la deuxième partie du défi. Tu comprends ?

Mon copain avait débité son discours sans s'arrêter. Il me fixait d'un air interrogateur. Je ne savais plus trop quoi penser.

On avait quand même dit qu'on résiste-
rait jusqu'au bout, et que le défi ne passerait pas par nous.

J'ai pensé à ma télé qui restait éteinte
depuis quelques jours.

J'ai haussé les épaules et j'ai tapé dans
la main de Gordon. C'était son choix et je
devais le respecter.

Quand on s'est retrouvés devant nos
micros ce matin, notre voix tremblait un
peu. Paloma nous surveillait derrière une
grande vitre, mais je crois qu'elle regardait
bien plus Gordon que moi.

– Je suis content de vous accueillir sur
Radio News, les garçons, a annoncé le
père de Paloma alors que le générique de
l'émission s'arrêtait. Une semaine de défi,

sept longues journées à essayer de résister à l'appel des écrans… Quelles sont vos impressions?

Gordon m'a regardé. D'habitude, c'est toujours moi qui parle en premier. Mais ce matin, sans attendre que je le fasse, il s'est lancé :

– Je crois qu'être moins sur nos écrans nous aide à mieux voir le reste. Comme si on mettait des lunettes tout d'un coup. Je ne dis pas que c'est super facile un défi comme celui-là. Et je ne dis pas non plus que j'ai beaucoup de points. Mais j'ai un peu changé d'avis en une semaine et je crois que je peux « m'ameilleurer ».

Le père de Paloma a souri en corrigeant à l'antenne le « améliorer » de Gordon puis il s'est tourné vers moi pour que je donne mon avis.

– Dix jours sans écrans, au début, ça paraît impossible. D'ailleurs je ne voulais même pas essayer. Mais pendant cette semaine, j'ai réfléchi.

Des pros du micro

Je n'ai pas vu la demi-heure d'émission passer ! Gordon a parlé de la langue des signes et il a expliqué l'atelier qu'il allait mettre en place. Le père de Paloma nous a félicités à la fin de l'interview.

– Vous avez été de vrais pros du micro. Bravo !

En sortant de la radio, j'avais envie de courir chez moi. Pas pour allumer ma console, mais pour avoir l'avis de mes parents sur mon passage sur les ondes.

Gordon est resté avec Paloma qui voulait l'inviter à déjeuner chez elle. Avant de partir, j'ai chuchoté à mon copain :

– Franchement, c'est sérieux ? Tu as échangé tes écrans contre une amoureuse ?

Il ne s'est pas fâché. Il a un peu rougi.

– Arrête… Elle n'est peut-être pas amoureuse, elle, a-t-il murmuré.

– Tu paries ? ai-je ajouté avant de partir.

J'ai rejoint mon appartement à pas lents finalement. J'avais envie de réfléchir. J'ai croisé Jules qui marchait dans la cité avec un ballon de rugby à la main.

– Je vais m'entraîner avec Clément cet aprèm, m'a-t-il expliqué. J'ai envie d'en faire à la rentrée. J'ai découvert ce sport hier et j'adore ! C'est bête qu'on n'ait jamais eu d'atelier multisports avant !

J'ai laissé Jules avec son ballon. J'avais suffisamment d'activités physiques depuis deux jours. Mon activité jeux sur console me manquait beaucoup.

En rentrant chez moi, une avalanche de compliments m'attendait. On a passé le repas à commenter cette interview. Maman a a-do-ré l'idée d'atelier de Gordon.

J'ai fini par atterrir dans ma chambre où la console me lançait des signaux irrésistibles.

– On va faire un tour avec Tom, a annoncé ma mère en ouvrant la porte de ma chambre. Tu viens avec nous ?

J'ai levé les yeux au ciel. Maman sait bien que je déteste les promenades du dimanche après-midi et que je préfère jouer tranquillement à Mario Kart.

– Pour une fois, tu ferais plaisir à Tom !

J'ai regardé la console qui continuait à m'appeler en silence.

Ensuite, je me suis levé pour suivre ma mère…

– Je vais sûrement croiser Jules et Clément, ai-je annoncé. Ils s'entraînent au rugby.

– Très bien ! a répondu mon père. Je ferai quelques passes avec vous !

J'ai enfilé mes baskets pour la troisième fois en trois jours. Un record ! En nouant mes lacets, j'ai réalisé que j'aurais encore un max d'écrans barrés à annoncer lundi matin. Sûrement plus qu'Anouk.

Incroyable.

Dix jours sans écrans ? Plus que quatre, déjà...

UNE CLASSE RÉSISTANTE!

Avec ce défi, le monde tourne à l'envers. Maintenant, c'est à moi d'aider Anouk!

Je n'aurais jamais pensé qu'elle puisse mentir durant la première semaine sans écrans. Quand Gordon et moi, on l'a découverte en train de jouer sur l'ordi de son père, elle était prête à pleurer. Elle s'est défendue en expliquant qu'elle jouait seulement « de temps en temps ». Gordon lui a rappelé qu'elle s'était souvent proposée pour donner des conseils à ceux qui n'arrivaient pas à tenir sans écrans.

– Je… J'ai du mal à cesser complètement de jouer, nous a-t-elle avoué. Je devrais peut-être participer avec vous aux ateliers ? Tu en penses quoi, Paloma ? Comme ça, je ne serai pas tentée de venir dans le bureau de mon père.

– Ouais ! Exactement ! lui a répondu Gordon. Et tu dois aussi arrêter de donner des leçons à tout le monde !

Anouk m'a regardée. Je crois qu'elle voulait que je la défende mais j'ai juste ajouté :

– Gordon anime un atelier apprentissage de la langue des signes. Viens avec nous la semaine prochaine.

Elle a hoché la tête tristement.

– Et… vous allez me dénoncer en classe ?

Gordon a haussé les épaules.

– Moi, tes points, je m'en fiche ! C'est à toi de voir.

Anouk était trop vexée pour rester pendant la visite du musée, et Gordon trop impatient de raconter son scoop à son copain Louis.

J'ai visité le musée avec d'autres élèves de l'école et c'était super intéressant. J'ai fait connaissance avec Alice qui est en CM2B, on s'est bien, entendues. En partant du musée, je l'ai invitée chez moi et on a sorti un vieux jeu de cartes que je n'utilisais plus depuis longtemps.

En dînant avec papa ce soir-là, j'ai réalisé que, sans tricher, je n'avais pas allumé un seul écran depuis six jours. Je n'en revenais pas moi-même !

Ma journée de dimanche a été géniale puisque j'ai assisté à l'interview de Gordon et de Louis dans les locaux de Radio News. Papa est un super journaliste je trouve. Il pose les bonnes questions au bon moment. Du coup, les deux garçons ont drôlement bien parlé du défi. Ils y étaient carrément opposés lundi dernier… En une semaine, ils ont commencé à changer d'avis et à se rendre compte, comme moi, qu'on peut faire des choses intéressantes sans rester devant sa console ou sa télé.

Gordon a passé la journée avec moi. On n'a pas allumé un seul écran. On a révisé un peu de vocabulaire en langue des signes et je lui ai appris à jouer à un jeu de stratégie avec un échiquier et des boules. Il a fini par gagner trois parties d'affilée !

– Waouh ! J'ai tenu huit heures sans télé, sans console et sans portable, a-t-il dit en me quittant. C'est énooorme. Bientôt, je vais me transformer en monsieur Dicoquiparle !

Lundi matin, on s'est tous retrouvés en classe avec notre carnet de compte. Certains d'entre nous souriaient, d'autres avaient un petit air déçu.

Une classe résistante !

Notre classe a réussi à obtenir 216 points pour le week-end. Une fois de plus, nous avons été les plus résistants.

– Vous avez une moyenne de un point et demi par jour et par personne, a constaté la maîtresse. Après une semaine de défi, c'est bien, non ? Vous allumez beaucoup moins vos écrans dans l'ensemble.

– Il y en a qui ne les allument plus du tout aussi ! a claironné Gordon qui, pour la première fois, a annoncé un score de quatre points.

– Et d'autres qui les allument en douce, a chuchoté Louis devant moi.

Anouk était absente ce matin-là. Je lui ai glissé :

– On a décidé qu'on ne la dénoncerait pas. C'est à elle de voir ce qu'elle veut faire.

Justement, quand elle est revenue cet après-midi, la maîtresse lui a annoncé le score de la classe.

– Tu n'étais pas là ce matin, mais j'ai déjà comptabilisé tes six points pour le week-end, lui a-t-elle dit.

– Justement… Il y a une petite erreur, a rectifié Anouk si bas qu'on l'entendait à peine.

Dans la classe, tout le monde s'est tu.

– Parce que, en fait… il faudrait m'enlever des points par-ci par-là…

La maîtresse a eu l'air très surprise quand Anouk a avoué son « ordi secret ».

– Je n'y joue pas très longtemps mais j'ai pris l'habitude de l'allumer chaque soir en sortant de l'école. Papa n'est pas dans son bureau à cette heure-là et je suis tranquille. Je vais sur Internet, je joue à des jeux…

– Tu fais comme tout le monde, quoi ! a lancé Louis. Tu n'es donc pas une mutante, ni une antiquité du dix-neuvième siècle.

On s'est mis à rire, et même Anouk a souri. Je crois que, finalement, on a trouvé rassurant qu'elle soit comme nous. La maîtresse a baissé le score total de la classe de quelques points, pourtant personne n'a vraiment critiqué Anouk.

– On a tous des petits secrets, lui ai-je murmuré.

– Et des faiblesses ! a-t-elle ajouté. Mais je sais que je peux compter sur vous pour m'aider.

Anouk est venue en fin de journée à l'atelier langue des signes animé par Gordon. C'était moi la co-animatrice cette fois-ci. Et Wayne, le frère de Gordon, s'est joint à nous. On a eu un groupe de quinze élèves plus… la maîtresse ! Elle nous a avoué que le soir, quand elle rentrait chez elle, elle avait du mal à se passer de son ordi. Avec l'atelier, elle espérait rattraper mon score !

– Tu es la plus résistante de la classe pour l'instant, Paloma, m'a-t-elle chuchoté dans le creux de l'oreille.

J'ai failli disparaître sous terre de fierté.

Ce soir-là, j'ai retrouvé maman et Jérém... devant la télé! Dès que je suis arrivée dans le salon, maman a attrapé la télécommande pour l'éteindre.

— On non! Pas ça! a protesté mon frère. On ne va pas vivre comme des moines à cause de Paloma!

— Jérém! a grondé ma mère en me serrant dans ses bras. Ma louloute rentre à la maison pour une semaine et on va l'aider à tenir bon jusqu'au bout puisqu'elle a un défi super important.

— Et on aura une médaille? a ricané mon frère en se dirigeant vers sa chambre pour allumer son ordi.

Maman m'a fait asseoir dans le canapé tout contre elle, et je lui ai raconté ma semaine. Comme d'habitude...

Sauf que, jusqu'à présent, la télé était toujours allumée à ce moment-là et que maman m'écoutait d'une oreille distraite.

Cette fois-ci, elle m'a posé plein de questions sur le défi, les émissions de radio et sur la façon dont j'avais réussi à obtenir un score pareil. On a mangé devant le poste de télé éteint et ça m'a fait tout drôle. Chez papa, j'ai l'habitude, mais chez maman, c'était la première fois.

— On s'est entraînés la semaine dernière avec Jérém, m'a avoué ma mère. On a fait un dîner sur deux sans le journal.

— Ouais, a râlé mon frère. Du coup, je suis obligé de parler. Tu crains avec tes défis, Paloma!

Je me suis mise à rire. Jérémy n'est pas très bavard et j'imaginais très bien maman lui poser un milliard de questions pendant le repas.

— Finalement, je crois qu'on va arrêter la télé à table, a ajouté maman. Mauvaise habitude! Quand on s'est séparés avec votre père, j'avais besoin de bruit en permanence pour ne plus penser.

J'ai caressé la main de maman sans rien dire.

– Mais plus besoin de journaliste dans le salon ! a-t-elle lancé. On est très bien tous les trois.

Jérém a applaudi. Maman a souri.

Je me suis sentie heureuse. J'ai jeté un coup d'œil à Skate qui somnolait sur le canapé.

– Mon gros chien-chien, ai-je crié, ça te manque à toi *Secrets au collège*, hein ?

Comme Skate ne bougeait toujours pas, Jérém a lancé :

– Et si on allait te PROMENER ?

L'incroyable s'est produit : Skate est descendu du canapé et s'est dirigé vers la porte.

– Il fait ça depuis que tu es partie, m'a expliqué mon frère. J'ai dû le sortir trois fois cette semaine. Il est vraiment bizarre parfois.

Du coup, après le repas, je suis allée me balader dans la cité avec Skate. J'ai croisé plein d'élèves de l'école que je ne vois jamais d'habitude. A croire qu'on s'était tous donné rendez-vous dehors ! Certains faisaient du roller, d'autres du foot. Louis, Gordon et Jules jouaient au rugby à côté de l'école.

– On a trois écrans barrés chacun, bichette ! m'a lancé Louis lorsqu'il m'a vue.

– Je suis très fière de vous, Loulou ! ai-je crié avant de poursuivre mon chemin.

Maman n'avait pas rallumé la télé lorsque je suis rentrée. Elle lisait tranquillement en écoutant de la musique dans le salon.

Je me suis allongée sur mon lit.

Anouk m'avait prêté un livre plutôt intéressant.

Dix jours sans écrans ? C'est presque fini.

LE MEILLEUR SCORE

Aujourd'hui, c'était le dernier jour du défi.

Le directeur a distribué dans les six classes concernées un questionnaire que l'on a rempli. Il fallait raconter nos impressions sur ces journées « sans écrans ».

Comme Gordon a eu du mal à comprendre certains mots, il a donné des réponses en martien. Mais la maîtresse a l'habitude. Elle dit que, depuis que Gordon est dans sa classe, elle sait déchiffrer les écritures extraterrestres. Elle a souri en parcourant des yeux son questionnaire.

Ensuite, on a fait le bilan de nos scores individuels en additionnant les points de notre carnet. Paloma a explosé le record de l'école. C'est la seule de la classe à avoir le maximum de points possible ! On l'a applaudie et Gordon m'a pulvérisé les tympans tellement il a frappé fort dans ses mains.

– Bravo, Paloma, pour ta résistance ! a lancé la maîtresse. Mais au-delà des performances individuelles, je voulais mettre en avant votre engagement à tous dans ce défi. Même les plus réticents au départ sont devenus des enfants curieux de participer à l'expérience à leur tour. N'est-ce pas Louis ?

Bien sûr, j'ai rougi.

En cette fin de défi, j'ai eu sept points sur neuf, ce qui est un très bon score dans la classe.

– Quant aux résultats de Gordon, ils sont assez étonnants. Aucun écran barré pendant cinq jours, puis quatre points en un week-end et les trois jours suivants, il accumule sept points !

Paloma a applaudi, bien sûr.

— Je suis très fière de vous, a déclaré la maîtresse. Vous avez joué le jeu jusqu'au bout. Vous venez de découvrir que vous ne vous ennuyez pas forcément en éteignant vos écrans et vous avez su vous ouvrir vers l'extérieur. Notre objectif n'était évidemment pas de tourner définitivement le dos aux nouvelles technologies, juste de vous faire prendre conscience qu'il faut savoir les utiliser… Je vous livrerai les résultats du questionnaire lundi matin, mais, en attendant, je voudrais vous lire un passage pris au hasard qui montre à quel point certains d'entre vous ont saisi le sens de ce défi.

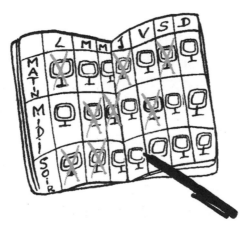

La maîtresse s'empare d'un questionnaire avant de lire à voix haute :

— *Ce matin, je me lève, huitième jour de défi. La télé est déjà allumée dans le salon, mais c'est normal, on a besoin de bruit chez moi parce que le silence, ça nous fait mal aux oreilles. Pas besoin de télé pour moi aujourd'hui. C'est moi le maître des écrans. C'est moi qui décide. C'est ce que m'a appris le défi. Je suis fort parce que je peux dire non.*

Mme Guégan a un grand sourire en nous regardant. Gordon fixe son cahier avec intérêt. Je sais que c'est lui qui a écrit ce passage.

— C'est vrai, madame. Ce défi nous a rendus fiers de nous quand on arrivait à tenir sans écrans plusieurs heures de suite, confirme Jeanne.

— Oui ! Moi, je me suis senti plus fort à chaque fois que j'ai refusé d'allumer ma console, a ajouté Clément.

— Moi, ça m'a donné envie de voir mes copains plus souvent ! s'est écrié Max.

On a passé un long moment à échanger nos impressions. Paloma nous a surpris en avouant à quel point elle avait peur avant de commencer le défi.

— Pour moi, c'était horrible, nous a-t-elle dit. Je me croyais incapable de franchir le cap de la première journée. J'ai réussi parce que tout le monde a joué le jeu. Mes parents, mon frère, mes amis à l'école… La maîtresse qui nous a soutenus aussi. C'est ce que j'ai le plus aimé. L'idée qu'on était ensemble dans ce projet !

Ni Jules, ni Gordon, ni moi n'avons eu envie de parler des ADDA. Le mouvement s'est complètement évaporé. Je n'ai même plus d'initiales sur le pied, elles ont fini par disparaître à force de les frotter au savon.

Il faut avouer que je n'ai rien eu d'un Anti Défi ces derniers jours puisque j'ai continué à augmenter mon score.

Entre l'atelier de Gordon où je me rendais après la classe et le rugby auquel je jouais après dîner, il n'y a pas eu beaucoup de place pour les écrans dans ma vie. J'ai dû piquer le portable de papa deux fois pour jouer à l'un de ses jeux. Je ne voulais pas que mes pouces se rouillent complètement.

L'intérêt, dans ce défi, c'est qu'il nous a permis de nous mettre sérieusement au sport.

On a décidé de faire un « big foot » le mercredi après-midi dans la cité. Même quand on aura le droit de rallumer nos écrans. Et je crois que nos rendez-vous rugby du soir avec Jules et Gordon ne sont pas près de s'arrêter.

– Moi, le défi m'a permis de sortir plus dans la cité, j'avoue quand vient mon tour. Avant je voyais seulement les copains à l'école ou devant ma console. Maintenant, j'ai envie de faire d'autres activités avec eux.

Jules a levé son pouce vers moi et Gordon m'a tapé sur l'épaule pour montrer qu'il était d'accord avec moi.

– Ce serait super que les ateliers continuent sans le défi, a lancé Anouk qui n'avait encore rien dit. J'ai trouvé très instructif celui de Gordon. Se retrouver pour d'autres activités après l'école, c'est important. On crée de nouveaux liens, on découvre des camarades, on échange, on vit des moments forts... Différents.

– Alors elle, le défi ne l'a pas changée, m'a chuchoté Gordon. C'est toujours madame Dicoquiparle.

– Tu te trompes, ai-je dit à voix basse. Moi je trouve qu'elle n'est plus comme avant.

Gordon m'a regardé en tournant l'index autour de sa tempe.

– Et en quoi elle aurait changé ? D'accord on sait qu'elle joue sur l'ordi de son père mais pour le reste…

Je n'ai rien osé ajouter à mon meilleur copain sur le moment.

Je n'arrivais pas à avouer à Gordon qu'Anouk m'avait invité au musée le lendemain. Elle veut me le faire visiter à sa façon.

On s'est mis à discuter, elle et moi, pendant l'atelier langue des signes.

Madame Dicoquiparle a un super score à Mario Kart. Elle est bien meilleure que moi ! Je lui ai proposé qu'on fasse une course sur ma console lorsque le défi s'arrêtera.

La maîtresse a approuvé l'intervention d'Anouk et nous a expliqué que le directeur avait envie de prolonger certains ateliers du soir.

— Il faut maintenant en discuter avec le maire qui nous prête des locaux, nous a-t-elle précisé. On en reparlera dès la rentrée.

La sonnerie a retenti et on s'est dirigés pour le dernier soir vers les ateliers qu'on avait choisis.

Anouk s'est installée à côté de moi.

— Alors Louis, tu viens demain ? m'a-t-elle demandé.

— Il vient où ? l'a interrogée Gordon qui avait entendu.

Anouk m'a regardé.

– Je vais au musée, ai-je lâché. Et si tu dis quoi que ce soit, ça va barder.

– Quoi que ce soit ! Ça y est, je l'ai dit ! a pouffé Gordon. Alors ça barde ?

Anouk a fait une grimace.

– Je t'ai toujours trouvé débile, Gordon, a-t-elle avoué. Mais le défi m'a fait changer d'avis. Tu es super débile.

J'ai explosé de rire et Gordon a fait semblant d'être fâché avant de chuchoter :

– Et moi, j'ai toujours pensé que tu étais une fille bizarre. Mais le défi m'a fait changer d'avis. Tu es complètement ravagée.

Sur ce, mon copain est allé s'occuper des élèves qui arrivaient pour parler en langue des signes. Wayne, son frère, était là aussi et il a communiqué avec Paloma pendant un bon moment.

En rentrant à la maison, j'étais tout seul. Papa a pris l'habitude de se balader avec Tom en rentrant du travail. Ce défi lui a donné l'envie de changer ses habitudes, puisque avant il lisait d'abord ses mails sur l'ordi.

Je suis allé dans ma chambre où j'ai longuement contemplé ma console.

– Dans quelques heures, je serai libre comme l'air, je me suis dit à voix haute. Plus de score, plus de défi affiché dans la cuisine.

Ce n'était pas le moment de penser à ça.

J'ai chaussé mes baskets et j'ai rejoint papa au parc. Tom était super content.

Et moi aussi !

Dix jours sans écrans ? C'est dans la poche !

UN NOUVEAU DÉFI?

Voilà, c'est fini.

Je sors juste des locaux de Radio News.

Le défi est derrière nous.

J'ai un petit nuage noir dans la tête.

Je me sens triste car on va reprendre notre vie d'avant.

Papa m'a officiellement invitée dans son émission pour l'interview qui conclut notre défi de Dix jours sans écrans. J'ai parlé du score des six classes. On a obtenu un total de 2 830 points, sachant qu'au maximum, on pouvait en avoir 5 200. Sur l'école, plus de la moitié des élèves ont eu un score supérieur à 21 points sur 30. Ce qui signifie que, comme l'annonçait la maîtresse, on a tous joué le jeu.

— Parle-moi des moments les plus difficiles, m'a demandé papa pendant l'interview.

— Dans l'ensemble, à chaque fois que les élèves se retrouvaient seuls chez eux face à leurs écrans, ils avaient une envie irrésistible de les allumer, ai-je expliqué. À partir du moment où ils ont trouvé d'autres occupations, ils ont été moins attirés et ont appris à résister.

— Y a-t-il eu des enfants qui ont refusé ce défi ?

Je souris en pensant à Gordon qui m'a avoué hier son mouvement de résistance surnommé ADDA.

— Euh... Peut-être, mais ils n'ont pas résisté tout le temps. Quand ils ont vu qu'on s'entraidait pour tenir jusqu'au bout, ils ont eu envie de tenter l'expérience.

Parfois, une chose nous fait très peur avant de la commencer. L'important, c'est d'avoir le courage de plonger. Après, les bons gestes viennent tout seuls.

Papa m'a félicitée après l'interview. Il a trouvé que je parlais « encore mieux » qu'Anouk... Ça m'étonnerait mais il m'a quand même fait plaisir. Depuis le début du défi, on s'entend super bien tous les deux. Comme si on s'était rapprochés. C'est vrai qu'il a passé du temps à l'école et que j'ai fini par m'intéresser à son travail. Gordon a raison lorsqu'il dit que, pendant ces dix jours, on a mis des lunettes sur notre nez.

Pourtant, j'ai peur que ces moments différents qu'on a vécus ne reviennent plus.

Est-ce que maman tiendra sa promesse de ne plus regarder le journal? Est-ce que papa continuera à s'intéresser à ce que je fais à l'école? Et comment seront nos soirées sans ateliers? Je vais retrouver Skate sur le canapé. Et *Secrets au collège* aussi. Je pourrai toujours essayer de traduire certains dialogues en langue des signes. Juste pour avoir l'impression que ces dix jours m'ont servi à quelque chose…

– Bicheeeetttte!

Gordon me fait sursauter.

– Je te préviens, je crie, si tu continues à m'appeler comme ça, je vais t'appeler…

– Comment? me demande Gordon en se plantant devant moi.

– Je vais t'appeler…

– Je t'aide… Lapinou? Choupinet?

On se met à rire. Ensuite, Gordon décide de me raccompagner chez moi. Il porte un jogging neuf. Comme je le lui fais remarquer, il m'explique que c'est le dernier cadeau de sa mère.

— Elle a voulu me remercier pour mon atelier langue des signes. Wayne était très heureux de discuter avec des enfants de l'école et maman était encore plus heureuse que lui.

Gordon me sourit.

— En plus, comme je commence le rugby avec Louis et Jules, il me fallait une tenue.

Je reste silencieuse un moment avant d'avouer :

— Tu sais, ça me fait drôle que le défi soit fini. Un peu comme si je quittais un vieil ami.

Gordon ouvre de grands yeux.

— Moi, je ne suis pas triste, constate-t-il. Je vais rallumer ma console ce soir. Elle est pleine de poussière. Cinq jours sans être allumée, je suis sûr qu'elle n'en peut plus !

– Donc, tout redevient comme avant. Tu vas rentrer de l'école et jouer sur ton ordi, te poser devant la télé.

– Euh… Ouais. Sûrement. En même temps, on ne va pas faire un défi permanent, non ? La maîtresse l'a bien dit : « Pas question de tourner le dos aux nouvelles technologies » !

Je ne réponds rien. Je n'arrive pas à expliquer à Gordon ce que je ressens vraiment.

Soudain, derrière nous, quelqu'un crie. C'est Louis qui nous rattrape en courant. Anouk le suit de près.

– Salut ! nous lance « Loulou » en arrivant à notre hauteur. Vous ne devinerez jamais ce qu'on vient de lire sur Internet, Anouk et moi.

– Vous avez déjà allumé un ordi ? je demande horrifiée.

– Ben oui, répond Anouk l'air étonnée. Tu sais que le défi a pris fin.

– Vous n'avez pas perdu de temps ! je m'exclame. Déjà oubliées les bonnes résolutions sans écrans !

Mes trois amis se regardent comme si je parlais chinois.

– Paloma, ce n'est pas parce que tu as obtenu le meilleur score au défi que tu dois devenir casse-pieds ! déclare Louis. On a le droit d'allumer nos écrans pour y trouver des renseignements utiles, non ?

– Ben oui, confirme Anouk. On a vu des chiffres incroyables ! Une étude statistique a établi qu'un enfant de huit ans passe 850 heures à l'école et 1 200 heures devant son écran dans une année.

– Plus de la moitié des enfants en dessous de dix ans regardent le journal le soir à la télé, renchérit Louis. Et à onze ans, un enfant aura vu un nombre incroyable de meurtres à la télé.

Du coup, plus personne ne parle, comme si on cherchait à enregistrer toutes ces données.

– Attendez, je garde le meilleur pour la fin, ajoute Anouk. Les adultes regardent en moyenne la télévision plus de trois heures par jour. Donc, si quelqu'un meurt à quatre-vingts ans, il passe seize ans de sa vie devant un écran !

– Alors, vous en pensez quoi ? s'exclame Louis.

– Vous ne trouvez pas qu'éteindre ses écrans de temps en temps, c'est bien ? conclut Anouk.

Gordon semble réfléchir et il finit par dire :

– Waouh ! Mon grand-père, lui, il a dû passer quarante ans devant son poste vu qu'il ne l'éteint plus du tout !

On se regarde et on hoche la tête sans ajouter un mot. Je crois qu'on n'a pas très envie de faire partie de ces chiffres-là.

À cet instant, je me demande si on ne serait pas prêts pour un nouveau défi.

Et mon petit nuage noir se dissipe enfin.

Je dirais même qu'un grand et beau soleil se lève dans ma tête.

— Tu viens jouer au rugby après, Gordon? demande Louis. Pour l'instant, j'ai promis à Tom de l'amener faire du tricycle au parc.

— Je viens avec toi! s'écrie Anouk. J'adoooore ton petit frère.

Louis et Anouk s'éloignent côte à côte après un signe de la main.

— C'est incroyable, Loulou est devenu le super copain de madame Dicoquiparle! déclare Gordon dès qu'ils ont disparu. Tu crois qu'elle lui fait de grands discours?

— Tu devrais arrêter de te moquer d'Anouk, dis-je en haussant les épaules. Je te rappelle qu'avant le défi je ne te supportais pas!

— Et maintenant ? Tu penses quoi ?

Je ne réponds pas tout de suite. Je finis par affirmer :

— Euh... Je pense que tu vas retourner en courant vers tes écrans chéris et redevenir comme avant.

Gordon a l'air triste et je regrette mes paroles. Il se plante devant moi et me parle en langue des signes. Je ne comprends pas tout mais il est question d'écrans et de force.

— Tu as... de la force... devant les écrans ? je suggère.

— Ouais, j'ai appris à être fort face aux écrans, approuve Gordon.

Il fait ensuite de nouveaux gestes, mais trop vite pour que j'en saisisse le sens.

— Tu parles de « nouveau », de « toi » et de « moi » je crois, lui dis-je, incertaine.

— Tu n'avais qu'à être plus attentionnée pendant mes cours si tu veux traduire mes signes, bougonne-t-il.

— Attentive, tu veux dire ?

Gordon hausse les épaules.

– Bon, tu veux comprendre ma phrase en langue des signes ou tu joues à madame Dicoquiparle ? J'ai dit que… le Gordon d'avant était différent du nouveau parce qu'il ne te connaissait pas bien et qu'il…

Gordon se tait. C'est la première fois que je le vois aussi rouge.

Je crois qu'il va me faire une déclaration…

Mon cœur se met à battre très fort.

Dix jours sans écrans ?

C'était génial !

TABLE DES MATIÈRES

Du même auteur, dans la même série :

Quatre sœurs en vacances
Quatre sœurs à New York
Quatre sœurs dans la tempête
Quatre sœurs en scène
Quatre sœurs en colo
Quatre sœurs en direct du collège
Quatre sœurs et un Noël inoubliable
Quatre sœurs à Londres

❧ L'AUTEUR

Sophie Rigal-Goulard vit entourée d'enfants.
La première moitié de la semaine, elle est auprès
de ses élèves puisqu'elle est prof des écoles à mi-
temps.
L'autre moitié, elle vit avec les personnages
qu'elle invente, des enfants imaginaires auxquels
elle s'attache toujours.
Au quotidien, elle s'occupe aussi de son fils et
de sa fille même s'ils commencent à être bien
grands…
Vous pouvez la retrouver sur les salons car elle
aime les rencontres avec ses jeunes lecteurs et
sur son site : sophie-rigal-goulard.fr

# L'ILLUSTRATRICE

Frédérique Vayssières a grandi dans la campagne du Sud-Ouest. Elle en a gardé le goût de l'espace et sillonne Paris par tous les temps sur son vélo pour capter l'air du temps, les tendances de la mode et les situations amusantes qu'elle croque pour la presse et l'édition jeunesse.

Elle aime illustrer des personnages, peindre, bricoler et dessiner à la marge... comme pendant les cours de mathématiques.

Retrouvez la collection

RAGEOT

sur le site www.rageot.fr

RAGEOT s'engage pour l'environnement en réduisant l'empreinte carbone de ses livres. Celle de cet exemplaire est de :
350 g éq. CO$_2$
Rendez-vous sur
www.rageot-durable.fr

PAPIER À BASE DE
FIBRES CERTIFIÉES

Achevé d'imprimer en France en janvier 2019
chez Normandie Roto Impression, Alençon
Couverture imprimée chez Boutaux, Le Theil-sur-Huisne
Dépôt légal : septembre 2015
N° d'édition : 4770 - 10
N° d'impression : 1804940